아이리쉬 헤리티지

아이리쉬 헤리티지

Irish Heritage

임보라 지음

전북대학교출판문화원

머리말

대기근의 모진 공격을 받고 시달렸으나 '켈트 호랑이'[1] 시기로 표현되는 기적적인 경제 호황기를 경험한 이래, 탄탄한 국가로 굳건하게 서 있는 나라가 있다.
바로 아일랜드이다.

그런데 아일랜드가 우리의 관심을 끄는 것은 놀라운 경제 성장을 이루었기 때문만은 아니다. 아일랜드의 문화, 역사, 문학, 예술은 오늘의 아일랜드를 만든 묵직하고도 강한 동력이다.

지금부터 나는 아일랜드에 대해 이야기하려고 한다. 그리고 이를 통해 인간과 인간 본성에 대해서도 이야기하려고 한다.

---

1 '아시아의 네 호랑이'에 비견된다. 한국은 '아시아의 네 호랑이' 중 하나.

추천사

아일랜드는 유럽 서쪽 끝자락에 위치한 인구 5백만의 작은 섬나라이다. 아일랜드 하면 19세기 중엽의 감자 대기근(The Great Famine), 영국의 식민통치, 기네스 맥주 등과 같은 이미지들을 흔히 떠올리게 된다. 오늘날 아일랜드는 1인당 국민소득이 전 세계 상위 5위안에 들어가는 국가다. Google, Apple, Microsoft 같은 세계적인 IT 기업들은 유럽지역 본사를 아일랜드에 두고 있다. 목가적인 농경국가로서의 모습을 간직하면서도, 유수의 IT·제약회사들을 유치하고 금융의 중심지 역할을 하면서 역동적인 성장을 하고 있다. 아일랜드 서쪽 해안의 Cliffs of Moher, Ring of Kerry와 같은 유명 관광지를 방문해보면 광활하게 펼쳐진 웅장한 大自然을 만나게 된다. 당연하지만, 오늘의 아일랜드를 이해하기 위해서는 과거의 아일랜드에 대한 이해가 있어야 한다. 특히, 아일랜드가 겪은 아픈 식민 지배의 역사와, 빈곤과 결핍을 피해 해외로 떠난 이민의 역사에 대한 이해와 공감이 필요할 것이다. 이번에 발간된『아이리쉬 헤리티지』를 읽으면서 2020년 7월부터 2023년 5월까지 한국대사로 근무한 아일랜드에 대한 이해를 새롭게 하게 되었다. 일반인들의 이해가 쉽도록 명료하고 재미있게 기술해서 단숨에 읽어버리게 된다. 아일랜드의 특징적인 문화들을 당시 시대 상황과 연결해서 생생하게 이해할 수 있는 값진 기회가 되었다. 아일랜드는 작은 섬나라이지만, 아이리쉬 디아스포라(Irish Diaspora)를 통해 주요 국가들과 촘촘하게 연결되어 있는 큰 나라이기도 하다. 아일랜드는 과거의 결핍과 아픔을 통해 타인의 어려움에 공감할 줄 아는 나라이다. 4명의 노벨 문학상을 배출한 문학과 예술의 나라이고, 우리와 같이 분단의 아픔을 가지고 있는 나라이기도 하다. 그래서 恨과 情이 많은 우리나라 사람들과 性情이 비슷하다. 보면 볼수록 우리와 닮은 구석이 많다. 그래서 나는 우리와 아일랜드는 서로를 진정으로 이해하는 친구가 될 수 있다고 믿는다. 올해는 한국과 아일랜드가 수교한지 41주년이 되는 해이다. 이 책이 아일랜드에 대한 이해의 폭을 넓히는데 도움이 될 수 있기를 바란다.

– 前 駐아일랜드 한국대사
권기환

The peoples of Ireland and Korea have a shared appreciation of folklore, music, and history - these are central to our respective identities and sense of national pride. Irish people are often fascinated by Korean heritage, and vice versa. I am delighted that Professor Bora Im has brought to life the national heritage of Ireland for a Korean audience. I am confident it will help to strengthen the bonds between our peoples, and I hope it will attract many more Koreans to visit Ireland, often known as the 'Land of Saints and Scholars'.

- Ambassador of Ireland to Republic of Korea
Michelle Winthrop

아일랜드인과 한국인은 민족적 정체성과 자부심을 형성하는데 크게 기여하는 전통문화, 음악, 역사 면에서 서로 공감할 수 있는 부분을 공유하고 있다. 아일랜드 인들은 한국의 문화유산에 자주 감명받고 한국인들 역시 아일랜드의 문화에 큰 흥미를 느낀다. 이번에 임보라 교수가 한국의 독자들에게 아일랜드의 문화를 소개하게 됨을 기쁘게 생각한다. 이 책이 아일랜드인과 한국인 간의 정서적 끈을 공고히 하는 역할을 하게 될 것으로 확신하며, 아울러 더 많은 한국인들이 '성인과 학자의 나라'로 알려진 아일랜드를 방문할 수 있게끔 아일랜드에 대한 흥미를 유발하리라 기대한다. [저자의 번역]

– 주한아일랜드 대사
미첼 윈스롭

차례

1

무덤의 목소리:
울지 마라, 빛은 올 것이니. 반드시

더블린에서 북쪽으로 차로 1시간 정도 가면 아일랜드어로는 브루 나 본예(Brú na Bóinne), 영어식 표기로는 뉴그란지(Newgrange)라 불리는 거대한 무덤이 눈앞에 나타난다. 주위엔 아무것도 없고 말할 수 없이 황량하다. 아마 저승의 모습이 이럴까 싶을 정도로 아무것도 없고 쓸쓸하다. 이게 맞다. 무덤은 무덤다워야 하지 않겠는가. 아일랜드 어딜 가나 느끼는 것이지만 아일랜드인들은 유물이 잠들어 있는 곳을 '관광지'로 만들지 않는다. 그 비결은 간단하다. 내버려 두는 것. 그냥 내버려 두는 것. 그리하여 누구든 그 자리에 서면 기원전 3200년이든 더 먼 과거로든 순식간에 빨려 들어갈 수 있도록 해 주는 것. 그것이 바로 아일랜드가 머나먼 과거의 유물을 보존하는 현명한 방식이다.

고증에 따르면 뉴그란지는 기원전 3200년경 신석기시대에 만들어진 무덤으로 영국의 스톤헨지나 이집트의 피라미드보다 오래된 구조물이다. 하지만 이 무덤이 우리의 관심을 끄는 건 단지 오래되었기 때문만은 아니다. 난 뉴그란지처럼 내 마음에 직접 말을 거는 고대의 유물을 본 적이 없다. 이렇게 많은 말을 해 주고, 마음을 먹먹하게 하는 유물을, 동서양 막론하고 본 적이 없다. 단언컨대 처음이다. 기원전 3200년경에 아일랜드에서 만들어진 무덤, 입도 없고 귀도 없고 사람도 아닌 돌무더기 무덤이 시간을 뛰어넘고, 공간마저 뛰어넘어 내게 말을 걸다니! 아일랜드인도 아닌 나에게. 무덤이 내게 말을 걸고, 그 말을 내가 듣는, 이 자체가 신비이며, 기적 아니겠는가. 난 지금부터 이 무덤이 내게 무슨 말을 해 주었는지에 대해 적어보려고 한다.

뉴그란지의 진가는 동지 때 나타난다.
동지는 일 년 중 낮이 가장 짧고, 밤이 가장 긴 날이다. 동지는 밤이 가장 긴, 암흑이 절정을 치는 날이다.

밤.
어둠.
겨울.
차가움. 그리고
죽음.

이 다섯 개의 단어를 마치 시를 음미하듯 천천히, 아주 천천히 소리 내어 읽어본다. 말할 수 없이 쓸쓸하다. 쓸쓸하고 서럽다. 몸도 춥고 마음도 춥다.

동지. 태양이 죽는 날. 밤이 이기는 날. 죽음이 이기는 날. 암흑의 절정기.
바로 이 동짓날, 모든 것이 죽은 것처럼 느껴지는 절망의 날, 세상에서 가장 아름다운, 고통스러울 정도로 기쁘고 아름다운 장면이 뉴그란지에 펼쳐진다.

뉴그란지는 아직까지도 비밀로 뒤덮인 신비의 장소다. 이곳의 용도가 정확히 무엇이었는지, 이곳에서 무슨 일이 일어났는지 등에 대해 밝혀진 바가 없다. 다만 그 속에서 발견된, 어떤 사람의 것인지 모를 뼈와 부장품은 이곳이 무덤이라는 점을 알려준다. 천만다행이다. 이 정도까지만 알려져서. 너무 속속들이 알려진 존재는 매력이 없다. 우리는 우리가 안다고 믿는 존재에 대해선 더 이상 상상력을 발휘하지 않기 때문이다. 상상력을 불러일으키지 못하는 존재는 죽은 것이나 마찬가지다. 비록 숨 쉬며 살아있다 해도 죽은 것이며, 죽은 것은 매력이 없다. 그러나 죽은 듯 보이는 돌무더기 무덤이라도 우리의 상상력을 자극한다면 그건 죽은 것이 아니다. 저 유명한 명제를 조금 비틀어보고 싶지 않은가. '나는 그대의 상상력을 자극한다. 따라서 존재한다'라고.

뉴그란지는 거대한 원형 무덤인데 그 안에 돌로 된 기다란 복도가 있고 그 끝에 조그만 방이 있는 구조로 되어 있다. 바로 이 방에서 좀 전에 얘기한 사람의 뼈가 발견되었다. 무덤 안은 일 년 내내 절대적 어둠에 싸여 있다. 무덤 안 공기를 틀어막고 죽은 자의 숨까지도 철저히 한 번 더 틀어막는 어둠. 돌이 내뿜는 냉기와 어둠이 지배하는 곳, 눈을 뜨나 감으나 별 차이가 없는 이곳은 죽은 자의 영역, 하계다. 그런데 이곳에, 이 어둠의 공간에 일 년에 한 번, 동지가 되면, 한 줄기 빛이 들어와 단단한 어둠을 녹인다.

무덤의 출입구 위에는 사각형 모양의 구멍이 있다. 일 년에 한 번, 동짓날 새벽 동틀 무렵, 햇살은 '지붕 공동'이라 불리는 이 공혈에 기적적으로 정확히 닿는다. 공혈에 닿은 햇살은 한 치의 망설임도 없이 안으로 직진해서 들어간다. 빛은 그 기다란 복도를 지나 복도 끝에 있는 방까지 한 걸음에 들어간다. 그리하여 일 년 내내 어둠 속에 갇혀있던 무덤은 일순간 환한 빛으로 가득 찬다. 빛은 그동안 어둠에 짓눌려 있던 복도를 더없이 부드럽고 따뜻한 손길로 어루만지고, 냉기 가득한 작은 방을 쓰다듬는다. 빛은 차갑고 단단한 돌무더기 벽을 비추고, 그들이 그 옛날, 벽에 새겨 놓았던 뜻 모를, 그러나 분명히 어떤 의미를 담고 있을 신비한 기하학무늬도 비춘다. 한줄기 부드러운 빛으로 인해 절망스러웠던 어둠의 장소에 생명의 피가 돈다. 피가 돌고 무덤은 따뜻해진다.

이 빛은 무덤 속에 잠들어 있는 죽은 자를 위한 빛이다.
죽음의 어둠 속에 갇혀 있는 사자에게 한줄기 빛보다 더 절실한 것이 어디 있겠는가.
빛은 그에게 이렇게 말해 준다.

울지 말라고. 서러워하지 말라고. 죽음은 끝이 아니라고. 죽은 너에게 이렇게 내가 찾아오지 않았냐고. 그러니 울지 말라고.

이 빛은 죽은 자를 위로하는 희망이고, 가늠할 수 없는 사랑 그 자체다.

하지만 단 17분 동안만.

모든 건 단 17분 동안만.
17분이 지나면 모든 게 사라진다. 빛도, 따뜻함도, 생명의 피도 모두 다.
그리고 다시 무덤은 어둠 속으로 빨려 들어간다.

17분이 지나고 무덤 속에 어둠이 깔리면
죽은 자는 다시 기나긴 기다림의 시간 속으로 들어간다.
그러면서 내년이 오기를 기다린다.
내년이 와서 다시 이 차가운 무덤 속으로 햇살이 걸어 들어오기를.
그리하여 다시 그 따뜻하고 부드러운 사랑의 손길을 받을 수 있기를.
단 17분 동안만이라 해도.
그 17분 때문에 죽은 자는 희망을 놓을 수 없다.
그 17분은 죽은 자를 살게 하는 희망의 빛이며, 생명의 끈이다.

죽은 자는 17분에 대한 아름다운 기억 때문에, 다시 일 년을 기다릴 수 있다.
어둠의 시간들, 기다림의 긴 터널을 지나면 어김없이, 반드시, 무슨 일이 있어도 빛이 찾아올 것임을 알기 때문이다.

나는 동지를 이렇게 정의하고 싶다. 어둠의 절정에서 빛이 조금씩 자라나기 시작하는 날이라고. 동지는 밤이 가장 긴 날이지만 다음날부터는 밤이 조금씩 짧아지고 낮이 조금씩 길어지지 않는가. 바로 이 어두운 절망의 시간인 동짓날, 뉴그란지는 빛을 담은 한 척의 배가 되는 것이다. 이 빛의 물결은 17분이 지나면 홀연히 신기루처럼 사라져서 우리를 당황시키고 서글프게 할 테지만, 괜찮다. 1년이 지나면 다시 뉴그란지는 빛을 품게 될 테니까 말이다.

화려할 것 하나 없고, 기교도 하나 없고, 장식도 하나 없는 투박하기 이를 데 없는 돌무더기 무덤이 이렇게 아름다운 이야기를 품고 있으니 더 좋다. 이것이 바로 아일랜드다. 화려하고 요란하고 시끄러운 것에 끌리지 않는다면 아일랜드에 가보시라. 그곳에서 그대는 투박한 외관 속에 숨겨진 진짜 보물을 잔뜩 발견하게 될 것이다.

2

아사의 추억

더블린 시내의 중심부를 가로질러 흐르는 리피강을 따라가다 보면 만나게 되는 것이 있다. '기근 기념비'라 불리는 일군의 조각상이 그것이다.

1845년부터 1852에 이르는 기간 동안 아일랜드는 '대기근'의 공격을 받으며 그야말로 쑥대밭이 되었다. 공식적인 기록에 따르면 백만 명가량 사망하고 백만 명 이상이 이민을 떠난 결과 나라 전체 인구의 25퍼센트가 감소했다고 하니 그 폐해가 어느 정도였는지 짐작 가능하다. 얼마나 굶었으면 죽기까지 했을까. 아니, 죽음에 이르는 배고픔이란 어떤 것일까. 아일랜드에서 몇 해에 걸쳐 박사 논문을 쓴 나는 아일랜드의 날씨에 대해 잘 알고 있다. 자, 그렇다면 묻음을 고쳐 본다. 거의 1년 내내 비와 바람과 눅눅함과 어두침침한 구름과 추위를 달고 살아야 하는 아일랜드라는 땅에서 아무것도 먹지 못한 채로 간신히 살아 있다가 결국 아무것도 먹지 못한 채 죽는다는 것은 어떤 경험일까. 앞서 언급한 조각상은 바로 그러한 상상 불가의 고통 속에서 허우적대다가 죽어간 당시의 아일랜드인들에게 경건하게 바치는 슬픔의 기념비다. 어떤 이는 원망을 하며, 어떤 이는 기도를 하며, 또 어떤 이는 원망조차도, 기도조차도 할 힘이 없는 채로 죽어갔으리라.

조각상을 보자.
사실 나는 지금도 이 조각상을 똑바로 쳐다보기 힘들다. 심지어 사진으로조차도 말이다.
리피 강변에서 조각상과 난생처음 대면한 그날, 나는 머리를 뭔가로 맞은 것 같았다. 그리고 한참 동안 멍하니 조각상을 바라보고 있었다. 상당히 오랜 시간 동안 그 상태로 있었던 것 같다. 그건 관찰도, 연구도, 그 무엇도 아니었고 그저 뭔가에 홀린 듯 바라보는 행위였다. 그날 이후로 몇 차례 더 조각상을 보러 갔지만 보러 가면 갈수록 볼 수 없게 되었다. 인물들의 표정과 그 표정이 말해주는 슬프고 한 많은 이야기들이 하염없이 밀려와서 나는 그들의 얼굴과 손과 발을 차마 똑바로 쳐다볼 수가 없었다.

이 조각상들을 만든 로완 길레스피(Rowan Gillespie)는 아마도 천재가 아닌가 싶다. 그저 기술과 기법만 뛰어난 메마른 천재가 아니라 자신의 작품을 보는 사람에게 말을 거는 능력을 가진 진짜 천재말이다. 당신이 이 기근 조각상을 바라보고 있는 내내 길레스피는 당신에게 이렇게 속삭인다.

나는 당신의 고통을 알고 있어요.
당신도 이들의 고통이 느껴집니까?
우리는 고통이라는 지독한 끈으로 끈끈하게 맺어진 형제들이거든요.

자, 이제 정말로 조각상을 보자.
우선 이 조각상들이 놓인 공간 자체가 의미심장하다. 아니, 이 공간 자체가 이 조각상이 던지는 주된 메시지 그 자체다. 즉, 일어났던 일을 잊지 말자는 것. 조각상은 수많은 더블린 사람들이 수도 없이 왔다 갔다 하는, 북적대는 보도 한가운데에 서 있다. 마치 조각상이 현재의 더블린 사람들인 양, 혹은 현재의 더블린 사람들이 조각상인 양, 둘은 어떤 구별도 없이 뒤섞여서 같이 서 있고, 같이 걸어간다. 그러면서 둘은 대화한다.

죽어갔던 우리를 잊지 마세요.
그래요, 잊지 않겠습니다.

이렇게 현재의 더블린 사람들과 과거의 더블린 사람들은 매일, 아침 인사 하듯, 가볍고 담백하게, 지극히 일상적으로, 서로의 안부를 묻고, 서로의 고통을 기억한다. 거창한, 그래서 아무 의미도 없는 의식이나 의례에 기대지 않고도 말이다.

어쩌면 인간이 이렇게도 비쩍 말라 있을 수 있을까 이들은 비록 서 있기는 하지만 살아있는 것처럼 보이지 않는다. 이들은 이미 시체나 미라다. 비 오는 날이면 이들은 눈물을 흘리는데 이들의 눈물은 눈에서만 흐르는 게 아니라 온몸에서 흐른다.

정면에 보이는 해골 같은 여인. 혈혈단신인 듯 보인다. 넋 나간 듯 입을 벌린 채로 허공을 응시하고 있는데 무슨 충격을 받은 걸까. 혹시 하나 있는 자식을 땅에 묻고 오는 건가. 여자는 가슴팍에 껴안을 수 있을 정도로 보잘것없이 작은 짐 보따리를 두 손으로 꼭 안고 있다. 그 오른편에 있는 남자. 이 남자 역시 조그만 보따리를 두 팔에 안고 있다. 고개 들 힘도 없어 보이는 남자의 보따리 속에는, 아마도 남자의 죽은 아이가 뉘어 있는 건 아닐까. 그 뒤편에 있는 여자. 여자의 손엔 조그만 보따리마저도 없다. 두 팔을 축 늘어뜨린 채 고개를 떨어뜨리고 있는 여자. 보따리 들 힘도 없어 그냥 몸만 빠져나온 걸까. 맨 오른쪽의 남자. 이 남자에겐 보따리가 아닌 죽음의 무게가 얹혀 있다. 남자는 자식 혹은 부모 혹은 누군가의 시체를 어깨에 맨 채로 걷고 있다. 이 남자의 발을 보라. 다른 사람의 발과는 달리 이 남자의 발은 힘겹게 안으로 휘어 있다. 이것이 바로 죽음의 무게다. 살아남은 자의 몸을 일그러지게 하는 고통의 힘, 이것이 죽음의 무게다. 이들은 모두 어디로 가고 있는 걸까. 갈 곳도 없으면서 어디로 가고 있는 걸까.

기억하고 싶은 과거를 기억하는 것은 쉬운 일이다.
그러나 기억하고 싶지 않은 과거를 기억하기 위해서는 용기와 결단이 필요하다.

누가 우리를 기억해 줄까요.
배고픔에 지쳐
가여운 형상으로 죽어간 우리를 누가 기억해 줄까요.

현재의 아일랜드인들은 그 가여운 목소리가
허공에 외롭게 떠돌다 형체도 없이 사라지게

놔두지 않았다.

이 조각상은

그들을 외롭게 두지 않겠다는,

그들과 함께 하겠다는

아일랜드인들의 용기와 결단의 표현이다.

더블린.

마음을 위로하는

신비한 능력을 가진 곳.

3

'너'의 야만?
- 켈트와 던 앵거스

아일랜드 출신 보컬 그룹 웨스트라이프가 부른 "그녀(My Love)"의 뮤직 비디오에는 모허 절벽 - 한국에서는 절벽 해안으로 알려져 있는 - 이 등장한다. 내 논문이 끝나갈 무렵 찾아갔던 모허 절벽은 내게 황량한 아름다움이라는 것이 무엇인지에 대해 가르쳐 주었다. 나는 관광객들이 모두 사라지고, 여행자 센터도 문을 닫아 인간의 흔적이 완전히 사라진 캄캄한 밤, 인간이 만든 불빛 하나 없이, 인간이 만드는 소음 하나 없이 오로지 절벽과 바다와 끝도 없이 펼쳐진 어둠의 평원만 있는 밤, 파도 소리와 잠든 새의 숨소리만 들리는 밤으로 덮인 그곳의 쓸쓸한 풍경을 상상해 보았다. 쓸쓸한 풍경은 아름답다. 쓸쓸한 풍경은 그 아름다움으로 인간의 언어를 압도한다.

아일랜드는 그러한 황량한 아름다움이 풍부한 나라다. 특히 해안 지방의 아름다움은 이루 말할 수 없을 정도다. 아일랜드인들은 황량한 풍경이 지니는 아름다움의 가치에 대해 잘 알고 있는 것 같다. 그래서 그들은 황량한 것을 굳이 인간의 손을 빌어 어설프게 장식하거나 덮으려 하지 않고 그대로 둔다. 황량한 것은 황량한 대로. 쓸쓸한 것은 쓸쓸한 대로. 그리고 슬픈 것은 슬픈 대로.

던 앵거스(Dun Aengus). 또 하나의 황량한 아름다움.
아름답기로 이름난 아일랜드 서해의 아란 섬에 있는 성채인 던 앵거스는 수수께끼로 가득 찬 축조물이다. 가파른 절벽 위, 대서양을 바라보며 석벽의 잔해 몇 겹이 얼추 반원 모양으로 서 있다. 이 축조물의 정체는 무엇인지, 원래는 어떤 모습이었는지, 언제부터 그곳에 어떤 용도로, 왜 서 있었는지, 누가 세웠는지에 대해 고고학자 간 의견만 분분할 뿐 정확히 알려진 것이 없다. 다만 청동기 시대와 철기 시대에 축조되었으리라는 추측만 있다. 주위엔 정말이지 드넓은 초록 평원과 돌과 바다와 바람 말고는 아무것도 없다. 정말 아무것도. 심지어 절벽엔 관광객 인명 보호용 울타리 같은 것도 없다. 던 앵거스는, 잔해로 남아있다는 점만 빼면, 그 옛날 그 모습 그대로 그 자리에 있다. 이 말은 당신이 오늘 던 앵거스에 서 있다면 동시에 청동기 시대와 철기 시대에 발 딛고 서 있다는 것을 의미한다. 아일랜드는 과거를 잊지 못하게 하는 땅이다.

과거. 아주 오래된 과거.
던 앵거스는 고대의 켈트 문화와 연관되곤 한다.
켈트족, 켈트 문화라 하면 보통 어떤 이미지들이 떠오르는가.
완전히 벌거벗고 몸에는 동물의 피인지, 사람의 피인지 모를 것을 잔뜩 칠한 채 눈에서는 광기를 뿜어내며 칼과 창을 휘두르는 야만인? 아무 데나 쳐들어가서 아무거나 약탈하는 약탈자? 문화와는 담쌓고 오직 싸움만을 일삼으며 남의 것을 빼앗아 근근이 먹고사는 위협적인 극빈자들? 씻지도 않고 머리카락은 자라는 대로 내버려 두고 면도 따위는 남의 나라 얘기인, 냄새나고 꾀죄죄한 무리들? 무지한 데다 야만적이면서 힘만 세고 다혈질들인 사람들? 내가 먼저 죽이지 않으면 나를 죽일 사람들? 그러니 어서 죽여야 할 사람들? 가만히 있는 '선한' 나로 하여금 공격적인 태도를 취하도록 자극하는 악마 같은 존재? '선한' 나의 공격성을 일깨우는 악마? 한마디로 소위 우리가 알고 있는 '야만인들'의 전형이자 조상 정도 되는 사람들?

많이 알려진 정보가 진실일 수도 있다. 하지만 많이 알려진 정보라고 해서 모두 진실인 것은 아니라는 것, 따라서 그런 정보일수록 매우 조심스럽고 주의 깊게 접근하지 않으면 안 된다는 것을 우리는 알고 있다. 켈트인 = 야만인이라는 잘 알려진, 부정적인 이미지는 켈트인을 말살하려고 혈안이 되어 있던 당시 로마 군대와 로마 역사가들의 작품이라는 견해가 많은 학자들 사이에서 제기되고 있다. E. H. 카(E. H. Carr)는 말하지 않았던가, "역사가는 자기가 원하는 사실만을 선택한다"라고. 결국 로마인들은 승리했고, 켈트인들은 패배했기 때문에, 정보에 대한 주도권은 로마인들이 쥐고 있었다. 로마의 역사가들은 켈트인들을 야만인으로도, 괴물로도, 그 무엇으로도 묘사할 수 있는 주도권을 쥐고 있었다는 얘기다. 게다가 켈트인들은 정보를 기록할 문자도 갖고 있지 않았다. 구전 문화만 갖고도 부족함 없이 살았던 켈트인들이 문자라는 체계적이고, 날카롭고, 강력한 무기를 지닌 로마인들에게 패한 것은, 더없이 슬프지만, 예정된 사건이었다.

자, 그렇다면 우리는 로마의 역사가들이 주조한 역사에서 기인한, 켈트인들에 대한 부정적인 이미지를 얼마큼 이나 신뢰할 수 있을까. 우리는 켈트인들이 과연 어떤 사람들이었는지를 완벽히 재구성해 낼 수는 없다. 죽은 자는 말이 없고, 특히 패배한 죽은 자는 더더욱 말이 없으므로. 그러나 학자들은 그들이 남긴 유물과 흔적을 토대로 켈트 문화를 다시 읽고 있다. B.C. 600년 경, 그리스와 교역하며 그리스로부터 올리브유와 포도주 등을 수입하고, 그리스에 모피, 금속, 소금, 호박(광물) 등을 수출한 켈트인들. 로마인들보다 훨씬 이른 시기에 도로를 만든 켈트인들. 빗과 머리핀을 사용했고, 깔끔하게 면도도 했던 켈트인들. 로마인들에게 비누를 처음 소개해주었던 켈트인들. 부유했던 켈트인들. 켈트인들에 대한 이러한 긍정적인, 그리고 아마도 옳은 이미지를 성공적으로 지웠던 것은 로마인들이었다. 켈트인들은 교역을 통해 많은 양의 금과 보석을 보유하고 있었고 여러 개의 금광 또한 갖고 있었다. 로마 황제 카이사르는 바로 켈트인들의 금이 필요했기 때문에 그들을 쳤다. 당시 카이사르는 빚더미에 앉아 있었기도 했지만 켈트인들과 전쟁을 벌이면 자신의 국내 정치적 입지도 공고히 할 수 있었기 때문에 더욱더 적극적으로 켈트인들을 이용했다. 로마인들이 볼 때 켈트인들은 야만인이나 악마로 묘사되어 주는 것이 편리했다. 이렇게 역사적 기록은 고정되었다. 그리고 많은 사람들은 그런 줄로만 알았다. 이 허구를 바로 잡기 위해선 긴 시간에 걸친 힘겨운 고증과 증명의 과정이 필요했다. 안 들여도 되었을 시간과 노력들. 슬픈 소모전.

망망대해를 바라보던 던 앵거스의 켈트인들. 그들은 무슨 말을 하고 싶었을까. 로마인들에게 켈트인은 야만인이었다. 그렇다면 켈트인들에게 로마인은 무엇이었을까. 던 앵거스는 아무 말도 하지 않는다. 바람 소리, 바다 새 울음, 파도 소리만 들릴 뿐. 승리한 죽은 자들의 역사는 역사서가 웅변해 준다. 패배한 죽은 자들의 역사는 서술이나 서사가 없는 바람 소리, 바다 새 울음, 파도 소리 같은 것이다. 그래서 더 구슬프고, 더 한스럽고, 더 우리의 마음을 흔든다.

4

글라스네빈의 곤

더블린의 심장부에 있는 트리니티 대학교에서 차를 타고 북서쪽으로 30분가량 가다 보면 아일랜드의 명사들이 묻힌 글라스네빈 묘지(Glasnevin Cemetery)가 나타난다. 제임스 조이스(James Joyce)는 이곳을 소설, 『율리시즈(*Ulysses*)』의 저승편의 배경으로 썼다. 조이스는 정확했다. 이곳은 저승 그 자체다. 광활한 땅에 죽은 자의 해골 색깔과도 같은 희끄무레한 잿빛의 묘비와 조각상들이 촘촘히 혹은 듬성듬성 놓여 있다. 이곳 어디를 걷든 그대는 죽음과 만나게 된다. 영원히 일어나지 않는 죽은 자들의 무덤, 이들의 부재를 표시하는 비석, 이들의 영원한 안식과 평화를 기원하는 아이리쉬 켈틱 십자가(십자가의 교차 부분을 원이 감싸고 있는 형태)를 스치고 불어오는 바람에선 죽음의 냄새, 죽은 자들이 뿜어내는 저승의 냄새가 난다. 묘비와 십자가와 사자를 지키는 차가운 조각상들은 마치 무리 지어 서 있는 저승사자처럼 스산하다. 봄이나 여름엔 묘지 여기저기에 꽃이 피어 있는 것을 볼 수 있지만 어디 아일랜드의 봄, 여름이 진짜 봄, 여름이던가. 그래봐야 비와 바람 투성이인 데다 그나마 길지도 않은 봄, 여름이다. 그러나 잠깐이나마 얼굴을 비치는 꽃마저도 사방에서 풍겨오는 저승 냄새에 기를 펴지 못하여 쓸쓸하고 처량 맞기가 말로 다 할 수 없다. 사자의 제사상에 오르는 울긋불긋한 과자며 사탕을 보면 보기에 아름답고 마음이 행복해지는가. 아무리 꾸며본들 제사상은 제사상이고 죽음은 죽음이다. 봄, 여름의 글라스네빈에 핀 꽃들은 제사상에 오른 오색찬란한 과자와 사탕 같은 것이다.

산 자를 초대하는 죽은 자의 영토, 글라스네빈을 이리저리 걷다 보면 익숙한 이름이 새겨진 묘석 하나가 눈에 들어온다.

모드 곤 맥브라이드(Maud Gonne MacBride).

지금부터 하려는 이야기는 사랑에 대한 얘기다. 사랑에 대한 얘기를 묘지에서부터 풀어가는 건 참으로 멋대가리 없는 서사이기는 하지만, 한번 생각해 보자, 결국엔 사랑도 죽고, 사랑하는 사람도 죽고, 사랑받는 사람도 죽는 걸 어쩌겠는가. 사랑과 죽음은 서로 끈끈하게 엮여있고 사랑의 끝에는 죽음이, 죽음의 끝에는 사랑이 있는 것을.

모드 곤은 영국 출신으로 아일랜드의 자치와 독립을 열렬히 옹호한 정치 운동가이자 연극배우였다. 그리고 무엇보다도 1923년에 노벨문학상을 수상한 아일랜드의 시인 윌리엄 버틀러 예이츠(William Butler Yeats)가 지독히도 사랑한 여인이자, 예이츠에게 평생 시적 영감을 준 원천 자체였다.

예이츠는 스물네 살에 런던에서 곤을 처음 만났고, 만나자마자 이 스물

세 살의 여인에게 속수무책으로 빠져 들었다. 예이츠의 눈에 비친 곤은 너무나 아름다웠다. 곤의 어떤 점이 시인을 사로잡았을지 궁금해진 나는 이 여인의 사진을 한참동안 바라보았다. 뭐랄까, 시선을 확 끄는 미인은 아니지만, 뭔가 묘한 분위기가 느껴지는 인상이라고 해야 하나. 자기애 강하고, 고집도 있어 보이고, 호락호락하지 않아 보이고, 차분하게 사람을 압도하는 힘이 느껴지고, 예술적 감각도 있어 보이는.

젊은 시절, 곤은 루시앵 밀레브와(Lucien Millevoye)라는 프랑스 출신의 언론인 겸 정치가와 사랑에 빠졌다. 둘 사이엔 아들이 생겼으나 아이는 이듬해 뇌막염으로 세상을 뜨고 말았다. 아들의 이른 죽음은 곤에게 씻을 수 없는 상처를 남겼다. 이 상처를 극복하지 못하고 주술과 마법의 세계에 발을 들인 곤은 아이가 죽고 나서 얼마 안 되어 밀레브와와 헤어졌다. 이후 밀레브와와의 관계에서 난 딸이 태어났고 이름은 이졸트 곤(Iseult Lucille Germaine Gonne)이었다.

예이츠는 스물여섯 살이 되던 해 곤에게 결혼을 제안했다. 하지만 돌아온 선 거절이었다. 시인은 이때부터 자신의 인생이 괴로워지기 시작했다고 먼 훗날 회고했다. 첫 번째 거절을 당한 이후로도 시인은 굴하지 않고 이후 3년이라는 기간 동안 곤에게 세 번의 결혼 제안을 했다. 하지만 그녀의 대답은 변함없었다. 한 번도 아니고 무려 네 번의 거절을 겪은 예이츠의 마음은 이미 엉망진창이었고 상처투성이였다. 그런데 여기서 끝이 아니었다. 예이츠가 네 번째 결혼 제안을 하고 2년 뒤, 곤은 아일랜드의 독립주의자인 존 맥브라이드(John MacBride)와 결혼해 버리고 말았다. 시인은 절망했다.

아니 어떻게 네가 감히.

내가 갖지 못한 그녀를 어떻게 감히 네가.

너 따위가 어떻게 그 여자를.

그런데 속이 뒤집어진들 이제 뭘 더 어쩌겠는가. 그 여자는 이미 다른 사람의 아내가 되어 버린 마당에. 곤은 결혼한 이듬해에 아들을 낳았다. 이름은 숀(Seán). 숀 맥브라이드는 훗날 아일랜드의 외무부장관을 지내고 1974년에 노벨 평화상을 받은 인물이다. 곤의 결혼 생활은 오래가지 못했다. 두 사람은 숀이 태어난 이후 이혼 소송에 들어갔다. 그러나 법원은 이혼 승인을 해 주지 않았다. 그도 그럴 것이 법정에서 맥브라이드의 혐의로 제기된 것은 단 하나, 결혼 생활 중 단 한 차례, 술에 취했다는 점뿐이었기 때문이다. 소송 결과 맥브라이드는 일주일에 두 번, 아들을 만날 수 있도록 허락받았다. 남편과 헤어진 후 곤은 파리에서 홀로 숀을 키웠다. 그 와중에 맥브라이드는 부활절 봉기에 연루되어 1916년 5월, 사형당했다.

이제 그녀의 남편은 없다.

지금 예이츠 앞에는 일생을 걸고 사랑했던 여인이, 잡힐 듯 잡히지 않으니 더 애간장을 녹이는 이 여인이 많은 상처를 안고 홀로 서 있다. 아들의 죽음, 첫 남자와의 이별, 남편과의 불화와 이혼 소송, 남편의 죽음 같은 굵직굵직한 풍파를 겪은 여인이 홀로 시인 앞에 서 있는 것이다. 여인은 그 존재만으로도 시인의 마음을 움직인다. 그리하여 이제 50대 초반의 나이가 된 시인은 다시 한번, 마지막으로, 여인에게 결혼 제안을 한다.

"나랑 결혼해서 같이 삽시다".

"음… 싫어요".

이럴 줄 알았다.
예이츠 역시 이렇게 될 줄 알았을 것이다.
좀 더 정확히 말하면 이렇게 되길 바랐을 것이다.

많은 평자들은 이 마지막 결혼 제안이 지극히 형식적이고 어쩌면 의무감에서 비롯된 행위였으리라고 보고 있다. 이제 곤은 예이츠에게 열렬한 사랑이 아니라 연민과 동정을 불러일으키는 사람이 되어 있었기 때문이다. 예이츠는 이 '가여운' 여인에게 결혼을 제안했고 늘 그렇듯 거절당했지만 이번엔 너무 많이 아프진 않았다. 극단적이고 과격한 정치 활동과 약물 중독에 빠져 심신이 피폐해질 대로 피폐해진 곤은 예이츠가 보기에, 이제는, 자신의 배우자감으로는 적당하지 않았기 때문에. 다시 말해 이제 곤의 어두운 면이 불편하게 느껴졌기 때문에. 혹은 곤과 이미 하룻밤을 보냈기 때문에. 예이츠는 1908년, 파리에서의 하룻밤에 대해 이렇게 회고했다. "기나긴 정절이 시간들이 드디어 보답을 받았다"라고. "보답"을 받고 갈증이 해소되면 절박함도 줄어든다. 절박하지 않은 사람은 덜 상처받는다.

곤을 처음 만난 이래로 예이츠의 시간과 인생은 곤이 중심에 자리한 채로 흘러왔었다. 무엇을 써 내든 그 처음과 끝에는 늘 곤이 있었다. 시인은 때로는 곤을 향한 사랑과 열정을 토해내고 때로는 곤에게 거절당하여 상처 난 자존심을 추스르며 시를 쓰고 무대에 올릴 희곡을 썼다. 하지만 이제 곤은 예이츠를 많이 아프게 하진 않았다. 아니, 아프게 하지 못했다.

그러나 너무 오랜 시간 동안 곤에게 몰두해 있었기 때문이었을까. 여전히 예이츠는 곤의 주변에서 벗어나지 못하고 있었다. 무슨 말이냐면, 시인은 곤에게 거절당한 후, 곤의 딸인 당시 스물세 살의 이졸트에게 결혼을 제안했던 것이다. 물론 예이츠는 또 거절당했다.

왜 이졸트에게 결혼 제안을 했는지, 어떤 마음으로 그랬는지는 예이츠 말곤 아무도 모를 일이다. 다만 이런저런 추측은 해 볼 수 있다. 정말 이졸트를 사랑해서? 그럴 수도. 이졸트는 상당한 미인이었다. 아니면 곤에게 보란 듯이? 다시 말해, '기나긴 시간'들이 "보답" 받기는 했지만 '기나긴 시간' 동안 시인의 마음을 괴롭혔을 분노 - 자신, 연적, 곤에 대한 - 와 좌절감과 상처 난 자존심은 여전히 그의 마음 한 편 어두운 곳에 굳은살처럼 자리 잡고 있었을 것인데, 이젠 그녀가 더 이상 시적 영감을 주는 원천도, 예찬의 대상도 아니기에 별 주저 없이 그 고통의 시간들에 대해 복수를 한 것인가?

내가 너에게 더 이상 매달리지 않는다는 사실을 네 눈으로 똑똑히 봐.

"보답"을 받지 못한 시간이 길면 길수록, 기다림의 시간이 길면 길수록, 복수심은 더 커지지 않겠는가. "보답"을 받았다고 해서 복수심이 사라지는 건 아니다. "보답"을 받았다고 그 시간들, 참고, 참고 또 참고, 이가 부서져라 이를 꽉 물고 버티고 또 버틴 그 시간들이 사라지는 건 아니기 때문이다. 과거는 지나가지 않는다. 과거는 지나가는 게 아니라 쌓이는 것이다. 마음속 어둡고 깊고 은밀한 곳에 하나하나 차곡차곡 쌓이는 것이다. 그렇게 쌓여 있다가 때가 되면 과거는 그 존재를 드러낸다. 때로는 잔인하게, 때로는 무시무시하게, 때로는 혐오스럽게. 우리의 과거는 우리의 존재 자체보다 크고 깊고 신성해서 우리가 감히 어떻게 해 볼 수가 없다. 지나간 것 같지만 지나가지 않았고, 앞으로도 지나가지 않을 것, 그게 바로 우리의 과거다.

모녀에게 거절당한 예이츠의 자존심은 이제 더 이상 만신창이가 되려야 될 수 없을 지경에 이르렀다. 하지만 그런들 어쩌겠는가. 싫다는데. 억지로 되지 않는 것이 사람 마음이라는 걸 시인이 어찌 모르겠는가. 따라서 별 수 없었다. 싫다는데. 그렇지만 괴로운 마음은 어쩔 수 없었다.

조지 하이드 리스(Georgie Hyde-Lees)는 예이츠가 이 시기에 만난 여인이었다. 당시 그녀는 25세, 시인은 52세였다. 예이츠는 이 여인에게 결혼을 제안했다. 이번엔 승낙. 이로써 곤의 남편이 되려고 무던히도 애썼으나 결국 되지 못한 예이츠는 조지의 남편이 되었다.

예이츠를 조지에게로 이끈 숨은 힘, 숨은 원인인 곤에게로 다시 가 보자.

곤이 예이츠의 결혼 제안을 거절한 이유에는 여러 가지가 있겠지만 곤 자신이 그 이유를 직접 밝힌 일화가 있어 눈길을 끈다. 예이츠가 결혼하자고, 난 그대 없인 도저히 행복할 수 없다고 말했을 때 곤은 이렇게 대답했다.

> "그게 아닐지도 모르죠. 당신은 불행해야 아름다운 시를 쓸 수 있고 아름다운 시를 써야 행복할 수 있는 사람이니까요. 결혼이라는 것은 정말이지 어리석기 짝이 없는 일이에요. 시인은 절대로 결혼이라는 것을 해서는 안 돼요. 세상 사람들은 내가 당신과 결혼하지 않은 것에 대해 내게 두고두고 감사하게 될 거예요". [저자의 번역]

이게 대체 뭔 말인가. 머리를 쾅 치는 망치 같은 이 말들은?

시인은 "아름다운 시"를 써야 행복하며, "아름다운 시"를 쓰지 못하는 시인은 불행한 것, 맞다. 그러나 "불행해야 아름다운 시"를 쓸 수 있는 걸까. 어느 정도는 맞는 말이다. "불행한" 사람이라고 해서 모두 다 시를 쓸 수 있는 건 아니지만, "불행"을 안다는 것은 인간 감정의 어두운 면을 안다는 말과 같으므로 "불행"을 겪은 시인은 인간의 어두운 감정을 다룰 수 있는 힘을 갖게 된다. 즉 "불행"이라는 것을 겪어보지 않아도 될 정도로 인생이 술술 풀려 온 사람이 갖지 못한 저력을 갖게 된다는 말이다. 인간의 어두운 감정을 다룰 수 있는 것과 없는 것은 엄청난 차이다. 왜냐하면 이 차이는 독자의 마음속에 시적 감정을 일으킬 수 있느냐 없느냐의 문제로 이어지기 때문이다. 독자는 어두운 감정까지도 포함하는 다양한 감정을 자유자재로 다룰 수 있는 시인에게 결국 마음을 내어주게 되어 있다. 따라서 "불행해야 아름다운 시를" 쓸 수 있다는 곤의 말은 상당히 설득력이 있다. 그러나 당신이 이 말을 면전에서 들은 당사자라면? 즉, 열렬히 사랑하는 여인에게서 이런 '설득력' 있는 말을 들은 당사자인 예이츠는 과연 어떤 기분이었을지 생각해 보면 그 말이 맞는 말이라고, '설득력' 있는 말이라고, 말 잘했다고 마냥 칭찬할 수만은 없지 않겠는가. 예이츠가 곤에게서 듣고 싶었던 말은 '설득력' 있는 조언 따위는 아니었을 테니. 그러나 곤은 예이츠가 듣고 싶어 했을 한 마디를 끝끝내 해 주지 않았다. 곤은 빈 말을 모르는 여인이었다.

그다음.

"시인은 절대로 결혼이라는 것을 해서는" 안 된다니? 이 말이 맞느냐 틀리느냐의 문제는 차치하고라도 말속에 담긴 단호함에서 풍기는 카리스마는 실로 대단하다는 것을 인정하지 않을 수 없다. 곤에 따르면, 시인이 "아름다운 시"를 쓰기 위해서는 포기해야 할 것이 참으로 많다. 결혼도, 행복도 모두 포기하라는 것. 꿈에도 그리는, 사랑하는 여인의 입에서 나온, 실로 얄궂은 조언이다. 그렇긴 하지만, "세상 사람들은 내가 당신과 결혼하지 않은 것에 대해 내게 두고두고 감사하게" 될 것이라는 예언은 들어맞았다. 곤의 거절 덕분에 그녀를 향한 예이츠의 뜨거운 열정은 해소되지 않았고 이리하여 조금도 훼손되지 않은 그 열정은 시인이 시를 쓰도록 자극하는 엄청난 원동력이 되었으며, 이렇게 쓰인 시들은 문학사에 큰 획을 그은 작품으로 굳게 자리매김했으니 말이다. 예를 들어 "어린애들 사이에서(Among School Children)", "그대가 늙으면(When You are Old)", "그 남자는 천국의 옷을 원하네(He Wishes for the Clothes of Heaven)" 등의 시를 읽고 있으면 시인에게 곤이 얼마나 큰 존재였는지, 그녀 앞에서 그가 자신을 얼마나 작은 존재로 느꼈는지 알 수 있게 된다. 신과의 관계에서도 그렇고, 연인과의 관계에서도 그렇고, 더 애타고 더 아쉬운 쪽이 더 작아지게 되어있지 않은가.

"그대가 늙으면"에서 예이츠는 이렇게 썼다.

> [한 사내는] 그대의 변해가는 얼굴에서 보이는 슬픔을 사랑했습니다.
>
> [저자의 번역]

다른 남자들은 그대의 젊은 시절, 그대의 아름다움을 사랑했지만, 난 그대의 노년, 주름살, 그대의 슬픔까지 사랑하겠다는 고백이다. 행복, 젊음, 아름다움을 껴안는 것은 쉬운 일이다. 그런 것들은 우리를 기쁘게 하기 때문이다. 그러나 슬픔, 늙음, 죽음을 껴안기란 쉬운 일이 아니다. 그러기 위해선 엄청난 결단과 용기가 필요하다. 시에서 예이츠는 그 어려운 일을 기꺼이 하겠노라고 선언한다. 이 시는 예이츠가 곤으로부터 연속해서 결혼을 거절당할 무렵에 쓰였다. 사랑의 열에 들떠 있었을 사람이 무슨 맹세인들 못했겠는가.

청년 예이츠의 곤을 향한 열정은 또 다른 시, "그 남자는 천국의 옷을 원하네"에서도 절절히 드러난다. 시인은 "천국의 옷"을 갖길 원한다. 곤의 발밑에 깔아주기 위해. 사랑의 열에 들떠 있는 이 청년은 곤에게 뭐든 해 주고 싶어 한다. 이 세상에 없는 물건이라도 그녀가 원한다면 만사 제치고 구하러 갈 태세이며, 아무리 귀한 물건이라도 그녀의 발

깔개나마 될 수 있다면 다행이라는 생각이다. 그런데 시의 끝부분에서 예이츠는 자신의 상처받은 감정을, 마치 투정하듯, 살짝 드러낸다.

> 그대는 내 꿈을 밟고 지나가는 사람이므로. [저자의 번역]

무슨 "꿈"?
곤과 결혼하고 싶다는 꿈.

> *그대는 내 꿈을 밟아 뭉개버린 몹쓸 인간이라는 것을 그대가 꼭 알았으면 좋겠소.*

실로 소심한 공격이다. 그래봐야 시인은 더 공격할 마음도, 더 공격할 수도 없다. 더 사랑하는 사람이 지게 되어 있기 때문이다. 이런 점에서 애증은 증오가 아니라 사랑이다. 사랑하지 않는데 뭐 하러 미워하겠는가. 애증의 정체는 사랑이다.

시인과 그의 연인을 생삭하며 글라스네빈을 걷는다.
둘의 마음속에 일었을 소용돌이도, 무수한 감정 낭비의 시간들도,
열정에 들뜬 고백들도, 분노와 상처의 시간들도,
시인도, 시인에게 환희와 상처를 동시에 주었던 그 여인도,
지금은 모두 흙 속에 묻혀 있다.
흙은 모든 것을 덮는다. 웃음도, 분노도, 소란도, 생명의 살도, 생명의 피도.
사랑은 모든 것을 이긴다(Amor vincit omnia)라고 했다.

하지만 적어도 이곳, 글라스네빈에선

죽음이 모든 것을 이긴다(Mors vincit omnia).

죽음은 모든 것을 덮는다.

5

“아라비”의 분노

늘 그렇듯 학교 도서관이다.

어셔 도서관(트리니티 대학교 내에 있는 여러 개의 도서관 중 하나)에서 책을 한참 뒤적이다가 나와 보니 하늘은 잿빛이고 바람은 살을 파고들어 뼛 속으로 들어가는 것 같다. 이런 날씨, 이젠 뭐 익숙하다.

‘구 속의 구’라 불리는 조각품 앞에 관광객들이 모여 서서 사진을 찍거나 자기 얼굴을 구에 비춰 보거나 손으로 구를 뱅글뱅글 돌리고 있다.

이디에서 머리를 식힐까 고민하다가 고문헌 도서관 근처에 있는 벤치에 앉는다. 아까 그 관광객들은 구 앞에 여전히 모여 있다. 이 벤치는 내가 가장 좋아하는 벤치다. 트리니티 캠퍼스 안에 있는 모든 벤치에는 기증자의 이름이 쓰여 있다. 누군가가 기증한 고마운 벤치에 앉아 바로 앞에 펼쳐진 잔디밭에 있는, 족히 몇 백 년은 되었을 법한 커다란 나무를 바라본다.

고문헌 도서관에 소장되어 있는 아주 오래된 책, “켈스 서(The Book

of Kells)"를 다시 한번 보고 싶어 진다. 벤치에서 일어나 고문헌 도서관으로 향한다. 관광객들이 "켈스 서"를 관람하려고 줄을 서 있다. 서기 800년 경, 상상도 되지 않는 오래된 과거에 만들어진 "켈스 서"는 신약의 네 복음서를 담은 책이며 아일랜드의 국보다. 조심할 것. 아일랜드는 순식간에, 기습적으로 사람을 저 머나먼 과거로 데려가 버리는 힘을 가진 땅이니. 라틴어 글자와 삽화와 켈트 매듭 문양, 동물 문양, 신화에 등장하는 신비로운 짐승들이 한데 어울려 조화롭게 뛰노는 "켈스 서"를 보고 있자니 마치 마법에 걸린 듯 그 아름다움에 취할 것만 같다. 저런 아름다운 서체를 만들어내는, 저런 정교하고 아름다운 그림을 그려내는, 저런 다채로운 색을 만들고 배합해 내는 손은 대체 어떤 손이었을까.

과거에서 현재로 돌아갈 시간. "켈스 서"를 뒤로 하고 아까 그 벤치로 가서 앉는다. 그리고 손에 들고 있던 아일랜드의 대문호, 제임스 조이스의 단편 모음집인 『더블린 사람들(*Dubliners*)』을 펴서 "아라비(Araby)"를 읽는다.

"아라비"는 보통 사춘기 소년의 사랑 얘기 정도로 간주되는데 이는 적절한 읽기가 아니다. 나는 "아라비"를 읽을 때마다 소설 안에 들어있는 소년의 분노, 썩을 대로 썩어서 어떻게 손 써 볼 수 없는 어른들의 세계를 처음 접한 소년이 느끼는 깊고, 뜨겁고, 강하고, 무시무시한 분노를 본다. 그리고 이러한 분노를 어떠한 과장도 없이 담백하게 그려내어 불과 몇 페이지의 짧은 분량 속에 깔끔하게 담아내는 조이스의 가공할 만한 문학적 역량에 감탄하고 또 감탄한다.

소설의 줄거리는 매우 간단하다. 한 소년이 친구의 누이에게 걷잡을 수 없는 애정을 느낀다. 길거리에 친구의 누이가 나타나면 세상이 빙글빙글 도는 것만 같다. 말도 못 하고 애만 태우던 소년에게 어느 날 친구의 누이가 말을 걸어오는 게 아닌가! 기절하기 일보 직전의 소년. 친구의 누이는 소년에게 아라비라는 시장에 갈 거냐고 묻는다. 연모하는 여인이 눈앞에서 자신에게 말을 걸고 있는, 믿을 수 없는 현실에 정신이 혼미해진 소년은 마법에 걸린 듯 대답한다. 응. 갈 거야. 가면 선물 사다 줄게.

자, 이제부터 소년의 번뇌가 시작된다. 뭘 해도 손에 잡히지 않고 싱숭생숭. 학교 공부는 애들 장난 같고 소년은 오로지 아라비에 갈 날 만을 기다린다. 소년은 삼촌에게 토요일 저녁에 아라비에 갈 거라고 예고 내지 경고한다. 이 말은 그러니까 한 마디로 용돈을 좀 달라는 것. 삼촌은 알았다고 대충, 건성건성 대답하더니 시간이 흘러 토요일이 되자, 망할, 저녁 아홉시가 되어서야 집에 들어오는 것 아닌가. 돈을 좀 달라는 소년의 말에 삼촌은 별 일 아니라는 듯 대답한다.

잊고 있었네? 미안.

소년이 아라비에 도착했을 때는 이미 아홉시 오십분. 파장 무렵이라 조용하고 어둡고. 살 것도 없고, 사고 싶은 생각도 없고, 마음은 시궁창이고. 소설의 마지막은 이렇다.

> 어둠 속을 응시하며 나는 이렇게 생각했다. 허영심에 빠져 허우적대

다 꼴좋게 조롱당한 놈 같으니. 내 눈은 고통과 분노로 이글이글 타올랐다.[2]

소년의 분노를 좀 더 자세히 들여다보자.

여덟시 반이 되도록 삼촌이 들어오지 않자 소년은 불안한 듯 방에서 이리저리 서성이다가 "주먹을 꽈악 쥔다". 아홉 시가 되어 들어온 삼촌에게 소년은, 아마도 분노를 꽈악 누르며, 돈을 좀 달라고 한다. 이에 소년에게 말도 안 되는 농담을 건네는 삼촌. 남은 화나고 심각해 죽겠는데 삼촌은 농담을 하고 있다. 따라서 소년은 당연히 "웃지 않는다". 삼촌은 네 말을 잊어버려서 미안하다고 말하지만, 잠시 후에 던지는 말이 더 가관이다. "근데 너 어디 간댔지?" 이런, 망할. 소년은 이미 말했었다. 아라비에 간다고. 어른들에게 '약속'이라는 건 아무것도 아닌가. '약속'은 장난 같은 건가. 약속하고 잊기를 밥 먹듯 하는 어른. 소년의 눈에 비친, 어른의 자랑스러운 모습이다. 약속하고 잊더라도 실은 하나도 안 미안한 어른. 근본적으로 약속의 의미가 뭔 지조차 모르는 어른.

뭐 그럴 수도 있지, 그렇다고 해서 누가 죽기라도 했나, 그깐 걸 갖고 호들갑은, 참나.

그들은 보통 그렇게 말한다. 소년의 눈에 비친 어른의 어른스러운 모습이다.

"근데 너 어디 간댔지?"라는 맥 빠지게 하는 질문에 소년은 다시 한번

---

2 이 장에 인용되는 "아라비"의 모든 단어, 구절, 문장, 대목의 번역은 필자의 것임을 밝힌다.

대답해 준다. 아라비요. 그러자 삼촌은 한 번 더 분위기 파악 못하는 농담을 건넨다. 너 '말에게 작별을 고하는 아랍인'이라는 시 알아? 이건 또 뭔가. 아라비라서 아랍인이 생각난 건가. 삼촌에게 내 기분 따위는 중요한 게 아니구나. 이 판국에 시라니. 어른들은 상대의 기분을 정말 읽지 못하는 걸까, 아니면 읽지 못하는 척하는 걸까. 자기가 어떤 잘못을 한 줄도 모르는 삼촌은 세월 좋게 심지어 그 시를 목청 높여 낭송하기 시작한다.

우여곡절 끝에 아라비에 도착한 소년.
여기서 소년은 어른들의 추악한 대화를 듣게 된다. 영국식 억양을 가진, 아마도 영국인 3인조의 대화.

"난 그런 말 한 적 없어!"

"웃기고 있네, 했잖아!

"안 했나니까 그러네!"

"그 여자가 그렇게 말한 거 아냐?"

"그렇다니까. 내가 두 귀로 똑똑히 들었다고!"

"이거 완전 거짓말 천지네!"

무슨 사건을 놓고 이런 대화가 오갔는지는 모른다. 어떤 맥락도 없이 위 대화만 나오므로. 하지만 조이스는 위의 단 여섯 줄로 어른 세계의 특징적 화법 중 하나인, 남의 말 요상하게 옮기기와 자기 방어를 위한 거짓말하기를 기가 막히게 훌륭하게 재현하고 있다. 물론 어린애들도 친구의 말을 요상하게 옮기거나 자기 방어를 위해 거짓말을 한다. 하지만 어른들은 보다 더 체계적으로, 보다 더 정밀하게 한다. 자신의 거짓말로 인해 누구 하나가 상처를 입거나 말거나 그건 그들에게 중요한 게 아니다. 진실이 무엇인지, 누가 거짓말의 희생양이 되고 있는지, 누가 거짓말의 최대 수혜자가 되고 있는지는 그들에게 중요하지 않다. 일단 자신이 살고 보는 것이 어른들의 세계다. 궁지에 몰리면 거짓말을 해서라도 자신은 빠질 것. 무조건 난 아니라고 지구 끝까지 잡아뗄 것. 이것이 소년의 눈에 비친 어른들의 구차하기 짝이 없는 생존 방식이다.

자, 이렇게 하여 소년은 드디어
어른들의 세계에 입문했다. 어른들의 세계를 봐 버린 것이다.

이 소년의 앞날이 어떠하리라고 생각하는가.
다시 집 앞 골목길에서 천진난만하게, 신나게 또래 친구들과 뛰어놀 수 있을 거라 생각하는가. 아니면...
아니면 어떻다는 건지는 우리 모두가 더 잘 알지 않는가. 아니, 우리 모두는 아니라 해도 우리 중 적지 않은 사람들이 성장해 나가면서 그런 경험을 했거나 현재 하고 있지 않은가.

이 소년의 분노는 얼마나 오래갈까.
예민하고 섬세하며 감수성 풍부한 이 소년이 자라나면서 분노에 지쳐 쓰러지지 않기를, 너무 고통받지 않기를 진심으로 바란다.

조이스는 성장의 상처를 기억하고 있는 그래서 이해하는, 몇 안 되는 작가다.
약속이 지켜지지 않고 거짓말이 승리하는 것을 보며 마음이 지치거나 다친 사람들에게 조심스럽게 말을 걸어주는 몇 안 되는 대가가 바로 조이스다.
솔직하지만 거칠지 않고, 부드럽지만 연약하지 않고, 씩씩하고 대범하지만 결코 소란스럽지 않은 조이스의 필체는 내가 만났던 아일랜드인들과 많이 닮았다.

아일랜드인들이 조이스를 소중히, 너무나도 소중히 여기는 이유다.

6

레프리콘의 금화 항아리

매일 관광객으로 붐비는 더블린 중심가에 가면 자주 눈에 띄는 형상이 있다. 이 형상은 때로는 앙증맞은 인형의 모습으로 등장하기도 하고, 때로는 열쇠고리나 머그잔, 혹은 머플러 등 기념품의 모델로 등장하기도 하며, 때로는 관광버스에 큼지막하게 인쇄되어 유쾌하게 껄껄 웃는 모습으로 나타나기도 한다. 바로 레프리콘이다.

레프리콘은 이렇게 생겼다. 그의 생김새에 대해선 다양한 버전이 있으나 그중 하나를 소개하자면 이렇다.

- 챙이, 넓진 않으나, 있고, 가운데 부분은 굴뚝처럼 높이 솟아 있으며 그 굴뚝의 맨 밑은 버클로 장식된, 초록색 모자를 쓰고 있음.
- 아주 작은 키. 풍성한 턱수염. 주름살투성이의 얼굴.
- 파이프 담배를 입에 물고 있음.
- 오렌지색의 셔츠도 입고 있음.
- 그 셔츠 위에 엉덩이를 덮는 정도의 길이의 초록색 외투를 걸치고 있음.
- 역시 초록색의 반바지. 그냥 반바지가 아니라 내려올수록 점점 좁아

지는 형태의 반바지임. 버클 달린 혁대를 참.
- 남성용 흰색 스타킹 착용.
- 그 위에 버클 장식된 검은 구두 착용.

이상은 20세기에 재구성된 레프리콘의 생김새다. 모자, 외투, 바지의 색이 초록색이며, 셔츠의 색이 오렌지색인 것으로 보아 - 두 가지 색 모두 아일랜드 국기의 색이고, 특히 초록색은 아일랜드를 상징하는 매우 중요한 색 - 다분히 국가적 상징성을 염두에 둔 재구성이라 생각된다. 반면 20세기 이전의 레프리콘은 초록색이 아니라 붉은색 옷을 입고, 나폴레옹의 모자처럼 챙이 위로 말려 올라간 모자를 쓰고 있거나 아니면 마법사의 모자와 흡사한 기다란 고깔모자를 쓴 모습으로 묘사된다.

아마도 레프리콘이 매력적인 인사가 된 것은 그가 갖고 있는, 금화가 잔뜩 담긴 항아리 때문일 것이다. 이미 눈치챘겠지만 레프리콘은 실존 인물이 아니라 아일랜드 고대 신화에 나오는, 일종의 요정이다. D. R. 매커날리가 쓴 『신기한 아일랜드』에 따르면 레프리콘은 "독신의 축복"을 누리기 위해 예쁜 농족 여자 요정들과의 결혼도 마다하고 홀로 의연히 살며 늙어간다. 뿐만 아니라 자기 종족 전체에 대해서도 환멸을 느껴 누구와도 관계를 맺지 않고 홀로 지낸다. 레프리콘은 인간에게 크고 작은, 때로는 상당히 위험하기도 한 장난을 치고, 신발을 만들거나 수선하는 일을 하며, 인간에게 붙잡힐 경우 세 가지 소원을 들어주는 조건으로 자신을 풀어달라고 요구한다는데, 무엇보다도 금화가 잔뜩 담긴 항아리를 숨겨 놓고 있다. 무지개가 끝나는 곳에 말이다.

내가 일생 처음으로 무지개라는 것을 본 건 트리니티의 '1937 열람실'(트리니티의 유명한 종탑 오른쪽에 있음)의 계단에서였다. 장시간 논문과 씨름하느라 혹사당한 내 눈에게 최소한의 예의를 표하기 위해 열람실 밖으로 터덜터덜 걸어 나왔는데, 그 순간 내 눈앞에 신세계가 펼쳐졌다. 싱싱하고 당당하고 거대한 무지개. 지금껏 내가 책에서 본 숱한 무지개 그림들은 죄다 가짜였다.

금방 사라지지만 그렇기 때문에 더욱 소중하고 아름다운 무지개. 그리고 그 무지개가 끝나는 곳에 있다는 레프리콘의 금 항아리. 어쩌면 레프리콘의 금 항아리는 고대 아일랜드인들이 무지개의 아름다움을 극적으로 표현하기 위해 사용한 수사학적 장치였는지도 모르겠다. 그들이 보기에 무지개는 요정의 금 항아리를 품고 있는 듯 보일 정도로 아름다운 자연 현상이었던 것.

그런데, 무지개도 좋고, 뭐 다 좋은데, 많은 사람들의 흥미를 끄는 것은 무지개보다는 그 끝에 있다는 금화 항아리일 것이다. 돈. 사람을 살릴 수도, 죽일 수도 있는 돈. 사람을 비굴하게도 거만하게도 만들 수 있는 돈. 그 좋은 돈 말이다. 금화 항아리를 발견한 사람은 지금껏 없다. 앞으로도 없을 것이다. 왜냐하면 레프리콘은 그렇게 만만한 상대가 아니기 때문이다. 그나저나 대체 그 금화 항아리는 어디에 있는 걸까. 안 그래도 아일랜드 남서부의 케리에 사는 팀 오도노반이라는 사람이 어느 날 레프리콘을 붙잡아서 그걸 물어본 적이 있었다. 꼼짝없이 붙잡힌 레프리콘은 소원을 말하면 들어줄 테니 제발 자길 좀 놔달라고 생떼를 쓰기 시작했다. "그래 좋다, 내가 소원을 말하는 게 네 녀석의 소원이면 소원을 말해 주지. 너 이 녀석, 금화 항아리가 어디 있는지 말해 봐, 난 딴 거 필요 없고 그걸 알고 싶으니".

허, 그것 참. 아주 똑똑한 인간일세, 그런 중요한 질문을 하다니.

잠깐 당황한 레프리콘. 이내 기지를 발휘한다.

유들유들한 혀를 지닌 슬기로운 레프리콘이 말한다. 그게 지금 바로 여기 땅 속에 있거든. 근데 땅을 팔 삽이 없네? 똑똑한 팀이 속아 넘어간다. 그럼 내가 얼른 삽을 가져올 테니 어디 가지 말고 딱 기다려. 팀은 금 항아리가 있다는 곳을 표시해 두기 위해 막대기를 꽂고 그 위에 자기 모자를 씌워 놓는다. 팀에게서 풀려난 레프리콘은 신나게 도망간다. 사방에 수도 없이 막대기를 꽂은 후 그 위에 죄다 모자를 씌워 놓고 말이다.

레프리콘이 딱히 금을 쓸 곳도, 쓸 생각도 없으면서 금화 항아리를 갖고 있는 이유는 그 요물로 사람들을 골탕 먹이기 위해서라고 한다. 레프리콘은 사람들이 정신을 잃고 자신의 금화 항아리로 눈을 뒤집고 침을 흘리며 달려드는 것을 보기 위해 항아리를 갖고 있다고. 그러니 레프리콘의 금화 항아리는 인간의 욕심, 탐욕을 액면 그대로 비추어 보여주는 거울인 셈이다. 금화 항아리가 마치 자기들 것이라도 되는 양, 뻔뻔하게 레프리콘에게 항아리가 어디에 있냐고 취조하는 사람. 이참에 팔자 한 번 고쳐 보자는 심산으로 무슨 소원을 말할지, 무슨 소원을 말하면 앞으로 평생 떵떵거리며 살 수 있을지 눈을 사방팔방으로 굴리며 신중하게 장고에 장고를 거듭하는 사람. 손안에 들어온 돈줄을 절대 놓칠 수 없다는 열정으로 우악스럽게 레프리콘을 두 주먹안에 틀어쥐고 제 욕심에 못 이겨 주먹을 부르르 떠는 사람. 이런 사람들을 보며 레프리콘은 무슨 생각을 할까. '이러니 내가 아무와도 관계를 맺지 않고 혼자 떨어져 사는 거야, 역시 내 결정이 맞았어'라는 생각? 아니면 '금화에 이성을 잃고 달려드는 순간의 자신들이 내 눈에 어떻게 비칠지 전혀 알지 못하는, 알고자 하는 마음조차 없는 이 불쌍한 사람들을 어쩔까나'라는 생각? 아니면 '내가 금화 항아리라도 갖고 있으니 그나마 사람들이 나한테 관심을 갖네, 무슨 일이 있어도 잘 지켜야지'라는 생각? 글쎄. 이럴 수도 있고, 저럴 수도 있고.

부디 레프리콘이 금화 항아리를 인간에게 뺏기지 않고 잘 지켜서 무지개가 끝나는 곳에 금화 항아리가 있는, 신비롭고도 동화 같은 장면이 영원히 훼손되지 않기를 바란다. 모두가 보고 즐거움을 느낄 수 있도록 말이다.

공원에 심어진 단 한 그루 감나무에 매달린 주홍빛 감 몇 개조차도 가만 놔두지 않고 밤에 몰래 나와 장대로 쳐서 기어이 그걸 자기 집으로 들고 들어가는 세상이다. 어디 감뿐이랴. 공원에 만들어진 인공 연못에 사는 물고기까지 밤에 몰래 투망을 쳐서 잡아가는 세상인데.
오다가다 외로운 감나무에 매달린 몇 개의 아름다운 열매를 보며, 연못에 유유히 떠다니는 물고기를 보며 수많은 사람들이 느끼게 될 소소하지만 소중한 기쁨이 한 사람의 장대에 맞고, 한 사람의 투망에 걸려 장렬히 전사하는 일이 그다지 이상하지 않은 세상이다.

모두의 물고기나 모두의 감 몇 개가 누군가의 눈에 레프리콘의 금화 항아리로 보이는 일이 없기를.
레프리콘의 금화 항아리는, 설사 찾아낸다 하더라도, 모두를 위해서 그냥 그곳에 놔둬 주기를.

7

눈물, 1798

더블린 도심에 있는 칼리지 그린으로 향하는 시내버스 안.

버스 창밖으로 리피 강이 보이고 울프 톤 선착장이라고 쓰인 푸른색 표지판이 보인다. 그 표지판에 이끌려 도중에 내린다. 울프 톤 선착장. 말이 선착장이지, 배가 닿거나 하진 않는다. 그저 지명일 뿐이다. 내리고 보니 버스 안은 정말 따뜻했다는 것을 알겠다. 12월, 춥고, 비는 부슬부슬 온다. 더블린의 하늘은 거의 매일 그렇듯, 잿빛이다. 바람이 마치 고통의 긴 한숨을 내뱉듯 분다. 울프 톤 선착장에 서서 울프 톤(Wolfe Tone)의 마지막 순간을 상상해 본다.

울프 톤에 대해 이야기하기 위해선 1798년에 일어난 아일랜드 저항운동을 언급하지 않을 수 없다. 1691년 이래로 아일랜드는 소수의 친영·성공회 교도들에 의해 좌지우지되고 있었다. 그들은 아일랜드 인구의 대부분을 차지하던 가톨릭교도들과 역사적으로 '디센터'(반대파라는 의미이니 다분히 영국 중심적인 명명임을 밝힌다)라 불리는 비성공회 신교도들을 철저히 차별했다. 그러한 차별 정책은 '아일랜드 형법'이

라는 든든한 법적 장치가 있었기에 부드럽게 수행될 수 있었다. '아일랜드 형법'에 따르면,

- 가톨릭교도들과 비성공회 신교도들을 모든 공직에서 배제함.
- 성공회 교도와 비성공회 신교도의 결혼을 금함.
- 가톨릭교도들과 비성공회 신교도들은 아일랜드 의회와 영국 의회 모두에서 배제됨. 이들의 정계 진출 기회 없음.
- 이들은(당시 화폐 가치로) 5파운드 넘는 말은 소유할 수 없음.
- 이들은 학교든, 개인 주거지에서든 학생을 절대 가르칠 수 없음. 발각 시엔 벌금과 3개월의 구류형에 처함.

이 밖에도 줄줄이 수도 없이 이어지는 조항들.

조항이 너무 많아 몇 가지만 나열해 봤다. 이 조항들은 한 마디로 '이들'의 손과 발을 묶어 운신의 폭을 좁히겠다는, 아니 없애겠다는 강력한 메시지를 담고 있다. 그런 일을 당하기 싫으면? 성공회로 개종하면 될 일. 성공회로 개종하기 싫으면 당하면서 참으면 될 일.

이렇게 참고 참던 사람들이 드디어 폭발한 사건이 바로 1798년에 일어난 아일랜드 저항 운동이었다. 왜 우리가 우리 땅에서 이방인에게 당하고 살아야 하는가. 때가 무르익은 듯했다. 미국은 혁명을 통해(미국 독립 혁명) 영국의 식민 통치에서 드디어 벗어나지 않았는가. 프랑스도 혁명으로(프랑스혁명) 봉건제를 폐지하고 권리 선언문을 공표하고 국민 의회를 조직해 내지 않았는가. 두 혁명의 성공에 고무되어 아일랜드 연맹이 만들어졌고, 이 연맹은 아일랜드 저항 운동을 이끈 최

대 동력이 되었다.

울프 톤은 아일랜드 연맹의 수장이었다.
아일랜드 땅 곳곳에서 소요와 교전이 일어났다. 아일랜드인들은 아일랜드 연맹을 주축으로 삼아 목숨을 걸고 싸웠다. 그러나.
역부족이었다.

5만 명의 병력으로 9만 5천 명이 넘는 영국군을 당해낼 수는 없었다. 영국군은 목숨 걸고 저항하는 아일랜드인들을 재빨리 진압했다. 영국이 볼 때 그들은 모반 세력, 반역자였고 질서를 파괴하는 야만인들이었으며 은혜를 모르는 배신자들이었다. 수차례에 걸쳐 영국군에 의한 대학살과, 차마 입에 담기 힘든 잔학 행위가 일어났다.

그런데 문제가 더 있었다.
아일랜드 연맹 내에 섞여 있던, 영국이 심어 놓은 첩자들. 이들은 언제 어디서 몇 명의 아일랜드 군이 모일 것이라는 등의 기밀 정보를 영국군에게 넘겼다. 영국군은 미리 그 자리에서 대기하고 있다가 속속 모여드는 아일랜드인들을 체포하기만 하면 되었다. 이뿐만이 아니었다. 이후 영국군이 아일랜드 연맹의 지도부 인사들 대부분을 체포할 수 있었던 것도 이 첩자들 덕분이었다.

아일랜드 쪽에선 군인과 민간인 포함 약 5만 명의 사망자가 발생했다.
영국 쪽에선 군인과 민간인 포함 약 3천 명의 사망자가 발생했다.
아일랜드의 거리에는 피와 눈물의 강이 흘렀다.

이 저항 운동으로 인해 영국은 아일랜드의 식민 통치의 고삐를 이전보다 더 세게 쥐었다.

1798년 11월 8일, 더블린에서 군사 재판이 열렸다.
울프 톤의 입에서 유창하고 흔들림 없는 웅변이 흘러나온다. 그의 웅변은 1843년에 출판된『영국 정부의 범죄사』라는 문헌에 수록되어 있다.

> "영국의 압제에 저항하기 위해 나는 죽음의 공포를 뒤로 하고 전장에서 싸웠습니다. 난 그저 조용히, 편안히 살 수도 있었지만 내 안위를 희생하며 싸웠습니다. 나는 자진하여 가난으로 뛰어들었고, 자진하여 내 가족을 남편 없는 아내, 아비 없는 자식으로 만들었습니다. 허나 내가 이 신성한 소원, 아일랜드의 자주독립을 위해 행했던 모든 일들을 생각하면, 죽음은 희생이라고 여겨지지 않습니다. 난 나의 운명을 알고 있습니다. 하지만 선처를 구하지도, 불평을 늘어놓지도 않겠습니다. 나는 내가 말하고, 쓰고, 행했던 모든 것들을 공식적으로 인정하며, 어떤 결과라도 받아들일 준비가 되었습니다". [저자의 번역]

영국의 눈으로 보면 반역자, 아일랜드의 눈으로 보면 애국자인 울프 톤이 죽음을 앞두고, 그것도 서슬 퍼런 영국인들 앞에서 행한 연설이다. 울프 톤의 마지막, 유일한 청은 군인답게 죽을 수 있도록 총살시켜 달라는 것이었다. 이것마저 거절되자 그는 11월 12일에 자신의 목을 그었다. 그리고 일주일 후, 11월 19일에 사망했다. 35세였다. 울프 톤의 죽음과 함께 1798년의 저항 운동도 막을 내렸다.

버스가 왔다.
나는 칼리지 그린에서 내려 세인트 스티븐스 그린으로 향한다. 세인트 스티븐스 그린에는 조각가 에드워드 델라니(Edward Delaney)가 만든 울프 톤 동상이 있다. 그 동상에서는 다른 영웅들의 동상에서 나는 권위, 권력, 승리, 오만함의 냄새가 나지 않는다. 다만 울프 톤의 눈과 표정은 이렇게 말한다. 이루고 싶던 것을 다 못 이루고 간다고. 죽는 건 두렵지 않으나 그것을 이루지 못한 것이 슬프다고. 후세들은 독립된 나라, 하나의 아일랜드에서 살 수 있기를.

그러나 울프 톤은 죽어서도 조용히, 편안히 쉴 수 없었다. 1971년 2월, 친영주의자들이 몰려와 그의 동상을 부쉈다. 델라니는 동상을 보수하여 그해 11월, 그것을 제 자리로 돌려놓았다. 파괴하는 것도 사람, 치료해 주는 것도 사람이다. 파괴하는 일이 없으면 치료할 일도 없을 것을.

빼앗지 않으면 되찾으려 목숨 바칠 일도 없을 것을.
다시 한번 슬픈 소모전.

8

"헬레릴과 힐데브란트"

내가 이 명화를 처음 본 것은 트리니티의 대학원 연구실, 내 친구 아이린(가명)의 책상에서였다.

"어? 안 보던 엽서네? 어디서 났어?"

"국립 미술관에서".

"묘한 그림인데?"

"응, 내가 좋아하는 그림이라서 샀어".

아일랜드 국립 미술관은 우리 연구실 바로 옆 건물이기 때문에 그곳의 커피숍은 아이린이 자주 애용하는 장소였다. 논문 쓰다가 잠시 들른 김에 샀다고 했다.

이 그림은 아이린만 좋아하는 게 아니다. 아이리쉬 타임즈에 따르면

이 명화는 전국 여론 조사에서 아일랜드인들이 가장 사랑하는 그림 중 하나로 꼽혔다. 아이린이 산 엽서는 미술관 내 기념품 가게에서 가장 많이 팔리는 품목이라고 한다.

왜 아일랜드인들은 이 그림을 사랑할까. 이 그림의 어떤 점이 범접 불가의 예술적인 심미안을 지닌 아일랜드인들의 눈과 마음을 만족시켰을까. 나는 이 그림이 풍기는 매력의 비밀을 알아보기로 했다. 아일랜드 국립 미술관에 등록된 바, 이 그림의 정식 제목은 "소탑 계단 위의 헬레릴과 힐데브란트(Hellelil and Hildebrand, the Meeting on the Turret Stairs)"이고 1864년 작이며 일견 유화처럼 보이지만 유화가 아닌 수채화다. 그림을 그린 화가는 아일랜드인, 프레데릭 윌리암 버튼(Frederic William Burton)이며 유화 물감의 냄새를 싫어하여 수채화를 택했다고.

"헬레릴과 힐데브란트"의 구도, 명암 처리, 색채, 모두 훌륭하다. 역사적 고증에 입각한 정확하고 정밀한 묘사도. 하지만 뭔가가 더 있다. 그 뭔가가 뭘까. 이 그림의 무엇이 아일랜드인의 마음을 사로잡는 걸까. 내 추측으론 아마도,

이야기 혹은 서사가 있어서? 이건 마치 피터 브루걸(Pieter Bruegel)의 그림, "바벨탑"이 문자에 의존하지 않고도 보는 이에게 수많은 이야기를 전하는 것과 같다. "바벨탑"을 가만히 들여다보고 있으면 다양한 목소리들, 다양한 소음들, 다양한 이야기들이 들린다. "헬레릴과 힐데브란트" 역시 이야기를 품고 있다. 다만 "바벨탑"의 세계가 왁자지껄

하고 동적인 반면, “헬레릴과 힐데브란트”의 세계는 고요하고 정적이다. 그것도 지나칠 정도로 말이다.

중세의 기사가 여인의 오른팔을 두 손으로 감싸고 있다. 기사의 얼굴은 그림의 정면을 향하고 있고 눈은 꿈을 꾸듯 감겨 있으며 코 아래 부분은 옷에 덮인 여인의 팔로 가려져 있다. 아니, 기사는 여인의 팔에 자신의 입술을 묻고 있다. 여인은 오른팔은 남자에게 내어 주고 왼 팔로는 벽을 짚고 자신의 몸을 지탱한 채 그림 정면을 향해 등을 보이며 서 있다. 왼쪽으로 살짝 돌려진 여인의 얼굴 중 코 아래 부분은 여인의 왼쪽 어깨에 가려져 있다. 여인의 눈 역시 꿈을 꾸듯 감겨 있다. 이들이 만나고 있는 장소는 터렛이라 불리는 소탑의 계단이다. 터렛은 중세의 성벽에 덧대어 지은 작은 탑을 일컫는다. 요컨대 이들은 좁디좁은 탑의 좁디좁은 계단에서 몰래 만나고 있는 것이다.(이런 종류의 계단은 상상 이상으로 좁다. 한 사람도 간신히 다닐 정도다. 터렛은 아니지만 트리니티의 현대식 도서관에서 “켈스 서”가 소장되어 있는 고문헌 도서관으로 이동하려면 그림에서 보듯 기둥을 중심으로 원형으로 상승하는, 사방이 밀폐된 좁은 계단을 올라가야 한다. 이때 밑에서 누가 올라오거나 위에서 내려오거나 하면 물리적, 정서적으로 몹시 난감하다.)

이들이 몰래 만나는 이유는, 공공연히 만나면 안 되기 때문이다. 그림은 여기까지만 말해 주고 그 이유에 대해서는 말해 주지 않는다. 그 이유가 뭔지 알아보기 전에 그림 밖으로 잠깐 나가보자. 영국의 소설가 조지 엘리엇(George Eliot)은 이렇게 말했다. “이 기사에게 키스는 곧 성찬의 전례”라고. 이 말보다 더 정확하게 이 그림의 핵심을 짚어낼 수는 없을 것 같다. 이 남자는 이 여자의 팔에 입을 맞추면서 신을 만나고, 신을 먹고, 신을 자기 안으로 들이고 있는 것이다. 실로 엄청난 에너지와 감정이 응축된 순간, 모든 것을 초토화시킬 정도로 뜨거운 순간이다. 그러나 화가는 요란을 피우지 않는다. 여자와 남자는 선 채로 팔을 내밀고, 그 팔을 감싸고 있을 뿐이다. 눈은 감겨 있고 심지어 이 둘은 서로 마주 보고 있지도 않다. 게다가 남자가 감싸고 있는 여인의 팔은 맨 살도 아니고 옷으로 덮여 있다. 엄청난 절제가 바로 그림의 주제다. 하지만 우리는 이 지독한 절제에서, 이 둘 사이에 존재하는 지독한 열정을, 세상을 집어삼킬 것 같은 강력한 감정의 소용돌이를 읽는다. 화가의 역량 덕분이다.

무슨 사연으로 이 기사와 여인은 이 좁은 공간에서 감정을 누르며 몰래 만나고 있는 걸까. 버튼은 이 그림의 영감을 덴마크의 중세 발라드(이야기 혹은 줄거리가 있는 시), "헬라라일과 힐데브란트"에서 끌어왔다. 헬라라일은 자신의 호위 기사인 잉글랜드 출신의 힐데브란트와 사랑에 빠지고 만다. 둘의 만남을 극렬 반대하는 그녀의 아버지는 자신의 일곱 아들을 데리고 힐데브란트를 치러 간다. 결투 끝에 힐데브란트는 그녀의 아버지와 여섯 형제를 모두 죽인다. 그가 일곱 번째 동생을 죽이려는 순간 헬라라일은 힐데브란트에게 그 칼을 거두라고 사정한다. 힐데브란트가 주춤하는 사이 그녀의 동생은 그를 죽인다. 집으로 돌아온 헬라라일 역시 비탄에 지쳐 곧 생을 마감한다. 77행의 짧은 시에서 숨 가쁜 속도로 죽음이 연달아 일어난다. 버튼은 서사가 파국으로 치닫기 전, 헬라라일과 힐데브란트의 꿈같은 짧은 만남의 순간을 그림 속에 포착하고 있다.

자, 이제, 헬라라일의 아버지와 일곱 형제의 존재, 이들이 품어내는 위협적인 기운과 죽음의 그림자를 인지하면서 다시 이 그림을 보자. 이 꿈같은 연애를 담은 그림 어딘가에서 죽음의 기운이 느껴지는가. 그렇다면 제대로 본 것이다. 이 두 연인은 단순히 몰래 만나고 있는 게 아니다. 사랑하게 되면, 말 그대로 죽는다는 것을 알면서도 만나고 있는 것이다. 무엇보다도 그림의 공간 자체, 이들이 서 있는 밀폐된 소탑 자체가 하나의 커다란 관처럼 보인다. 두 연인을 위한 관. 이렇게 보니 기둥 뒤편의 검은색이 예사롭지 않다. 관 속의 어둠, 죽음의 어두운 골짜기가 연상되기 때문이다. 비로소 그림에서 죽음이 보이기 시작한다. 두 여인의 꿈같은 만남에서 죽음의 냄새가 나기 시작한다. 그런데 아쉽게도 이 그림에 대한 수많은 비평들 중 이처럼 죽음에 초점을 맞춘 평론은 아직까진 없다.

발라드에 등장하는 인물 중 한 명- 헬라라일의 일곱 번째 동생 - 을 제외한 모든 이들이 죽는다. 이 죽음의 발라드에 아일랜드 화가 버튼은 한 줄기 숨통을 틔워 주었다. 죽음으로 향하고 있는 이 가여운 두 연인에게 화가는 짧으나마 달콤한 순간을 선물로 준 것. 이 두 연인이 마지막 순간을 맞게 될 때, 이 달콤한 기억이 이들이 머지않아 느끼게 될 죽음의 고통 - 더 이상 몸이 산소를 받아들이지 않고, 돌던 피를 멈출 준비를 하느라 느껴지게 될, 완벽히 낯설 고통 - 을 조금이나마 마비시켜 주길 바라는 화가의 따뜻한 마음이 느껴진다. 아마도 이 마음 때문에 아일랜드인들은 이 그림을 사랑하는 건지도 모른다. 아일랜드인다운 선택이다.

9

아란 섬. 어부. 익사한 아이

헬레릴과 힐데브란트가 사랑과 죽음에 대한 그림이듯 프레데릭 윌리암 버튼의 또 다른 작품, "아란 섬 어부의 익사한 아이(The Aran Fisherman's Drowned Child)" 역시 사랑과 죽음을 주제로 삼고 있다. 다만 "헬레릴과 힐데브란트"가 남녀 간의 사랑을 다루고 있는 반면 "아란 섬 어부의 익사한 아이"는 부모와 자식 간의 사랑에 집중한다.

아란 섬은 앞서 이야기했듯 아름답기도 하지만, 동시에 사람 사는 곳이다.
고난, 고통, 죽음, 슬픔이 인간을 주야로, 늘 기다리고 있는 곳이라는 말이다.

1934년에 개봉된 영화, "아란 사나이(Man of Aran)"는 아란 섬에 사는 사람들의 고달프고도 억척스러운 삶을 그려낸다. 영화에서 남자와 그의 아내는 사방이 척박하여 뭐 하나 심을 데 없는 이곳에 밭을 '만든다'. 일구는 게 아니라 '만든다'. 말하자면, 일구기라도 할 밭이 있으면 좋겠으나 그마저도 없으니 밭을 '창조'한다는 말이다.

남자와 아내가 밭을 '창조'하는 방식은 이렇다.
코앞에 있는 바다에 널리고 널린 해초를 뜯어 온다. 바위 틈새에 감질나게 끼어있는 흙도 닥닥 긁어모아 온다. 그다음, 널리고 널린 바윗돌들 위에 뜯어 온 해초와 모아 온 흙을 가지런히 펴서 밭 모양으로 만든다. 이들은 이렇게 '창조'한 이 '밭'에 양식거리들을 심을 것이다.
그야말로 마음을 숙연하게 하는 생존력이다. 이것이 아란 섬의 사람들이 척박한 환경 속에서 무너지지 않고 살아온 방식이다.

버튼의 "아란 섬 어부의 익사한 아이" 속의 어부 역시 강인한 생존력으로 하루하루 성실하게 살아가는 아란 사람일 것이다.
그런 그의 자식이 죽었다.

전경에 나타나는 여인들은 붉은색 계열의 옷을 입고 있다.
아이의 어머니로 보이는 여인은 웅크리고 앉아서 익사한 아이를 뚫어져라 바라보고 있다. 마치 그렇게 하면 애가 살아나기라도 할 것처럼. 하지만 아이는 이미 한쪽 팔을 축 늘어뜨리고 있다. 어머니는 한 손으로는 축 늘어진 아이의 팔을 부여잡고 있고, 다른 한 손으로는 아이의 이마를 감싸 쥐고 있지만 아이는 미동도 하지 않는다.

어머니는 맨 발이다. 자식이 죽었는데 발이 맨 발인 것 따위는 아무것도 아니라는 듯 어머니는 오로지 죽은 자식만 부둥켜 앉은 채 웅크리고 있다.

어머니의 비쩍 마른 발가락과 아이의 통통한 팔이 대비를 이룬다.

그러나 이 시간 이후로 아이의 팔엔 더 이상 살이 붙지 않을 것이다. 어머니가 볼 수 있는 자식의 모습은 지금 이 모습까지이다.

어머니의 얼굴에 대해 이야기해 보자.
사실 어머니의 얼굴이 정면으로 보이지 않아 우리는 어머니가 우는지 아닌지 확신할 순 없지만 난 울지 않고 있다고 생각하고 싶다. 아니, 울지 못하고 있다고 생각하고 싶다. 사건이 터지고 충격에 압도되면 눈물부터 터지는 것이 아니기 때문이다. 눈물은 한참 후에 흐르는 것이다. 예컨대 뭔가를, 누군가를 잃어버리고 그 충격이 가신 후 한참 시간이 지나 그 잃어버린 뭔가를, 누군가를 기억하고 회상할 때 흐르는 것이 눈물 아니던가. 따라서 울고 있는 사람의 얼굴보다는 충분히 고통스러운 상황임에도 울지 않고 있는 사람의 얼굴이 더욱 우리의 마음을 흔든다.
버튼이 어머니가 우는지 아닌지 확신할 수 없도록 모호하게 표현한 것은, 미학적, 예술적인 측면에서 볼 때 매우 현명한 결정이었다고 생각한다. 모호한 것, 분명치 않은 것은 독자가, 관람객이 상상력을 발동시키게끔 유도하기 때문이다.

어머니는 울 겨를이 없다.
자식의 얼굴에서 혹시나 있을지도 모르는 살아있음의 흔적을 찾아내야 하기 때문이다.
다들 이 애가 죽었다고 말하고 있지만 어머니는 희망을 버릴 수 없다. 이 희망 때문에 어머니는 애가 죽었다는 것을 믿을 수도, 인정할 수도 없다. 어머니는 이 애의 죽음을 인정할, 지구상 마지막 사람이다.

맨 마지막으로 자식의 죽음을 인정한다는 것은
그렇게나 오랜 시간 동안
자식의 죽음과 함께 살아야 한다는 것을 의미한다.
죽음과 '함께 산다'는 것은 산 자가 견디기엔, 실로 잔인한 고문이다.
어머니는 자신이 죽을 때까지 자식의 죽음과 함께 살 것이다.

어머니를 제외하고는 전경에 나타나는 여인들의 정체가 무엇인지 명확하지 않으나 추측해 보자면 이렇다. 어머니의 왼쪽에 무릎을 꿇은 채 앉아서 죽은 애를 바라보고 있는 소녀는 이 애의 누나인 듯하며, 어머니의 맞은편에 앉아있는 두 여인은 아마도 이 집안의 가까운 친척이나 친구가 아닐까 한다. 어머니와 비슷한 연령대로 보이는 두 여인이 그녀의 자식일리는 없기 때문이다. 한편 어머니의 오른쪽에는 또 다른 여인 하나가 서 있다. 이 여인 역시 어머니와 비슷한 나이인 것으로 보이므로 이 집안의 자식은 아닌듯하며, 따라서 이 집 부부의 친척이나 친구 정도 될 것으로 생각된다. 이 여인은 고통스러운 표정을 지은 채 깍지 낀 두 손을 뒤집어 올리곤 이 집의 천장을 바라보고 있다. 이렇듯 이 집안의 비보에 적극적으로 슬픔을 표현하는 것을 보면 친척이나 친구 중에서도 매우 친밀하고 가까유 축에 속하는 관계인 것 같은데 여전히 그 정체는 명확하지 않다.

이 깍지 낀 여인과 다소 비슷하게 동적인 방식으로 슬픔을 표현하고 있는 또 하나의 인물이 있다. 위에서 잠깐 언급했던 죽은 애의 누나, 그러니까 이 집의 딸로 추정되는 사람이다. 누나는 두 손을 모은 채 얼굴 높이까지 올리고 적극적으로 슬픔과 충격을 표현하고 있다.

깍지 낀 여인과 누나와는 달리 어머니의 맞은편에 앉아있는 두 여인은 슬픔을 눈에 띄게 표현하지 않고 담담하게, 정적인 방식으로 이 시간을 함께 하고 있다. 그렇다고 해서 이 두 여인이 지금 일어난 죽음에 대해 슬퍼하지 않는다는 의미는 아니다. 죽음을 목격하면서 마음이 불편하지 않을 수 있는 사람이 어디 있겠는가.

이 두 여인 중 한 명은 한 손으로 턱을 괸 채, 그리고 다른 한 명은 구부린 무릎 위에 한쪽 팔을 올린 채로 죽은 애를 바라보고 있다. 두 명 모두 얼굴이 보이지는 않지만 그들의 조용한, 들리지 않는 한숨 소리가 그림의 액자 밖으로 들리는 것 같다. 다만 이 두 여인에게서는 예컨대, 죽은 애를 안고 있는 어머니에게서 보이는 신체의 긴장, 그러니까 바짝 오그리고 있는 발가락이라든가, 구부러진 목에서 보이는 긴장이 보이지 않는다. 아니, 당연한 것 아닌가. 어머니와 제3자가 느끼는 슬픔의 강도를 비교하다니 당치 않다.

두 여인에게서는 일종의 관조가 보인다. 바닷가 마을에 살면서 익사를 아주 많이 목격한 사람에게서 나타날 법한 침착함, 고요함이 보인다는 말이다. 다시 강조하지만, 이 두 여인이 죽음에 대해 슬퍼하지 않는다는 것이 아니다. 이들은 죽음을 받아들이고 있는 것이다. 하기야, 인간이 죽음을 안 받아들인들 어쩌겠는가. 인간에겐 다른 방법이 없다.

두 여인들처럼 침착하고 고요하게 죽음을 바라보며 이 고통의 시간을 함께하고 있는 사람이 있다. 바로 죽은 애의 할아버지로 보이는 인물이다. 할아버지는 죽은 애보다 한두 살 더 많아 보이는 여자애의 어깨를 한 손으로 감싸고 한 손으로 턱을 괸 채 굳은 표정으로 죽은 애를 바라보고 있다.(정리하자면, 이 집의 자식들은 총 세 명으로 추측된다. 죽은 애가 막내, 그 위가 지금 언급한 여자 애, 그 위가 아까 언급한 큰 누나.) 손자의 마지막을 바라보아야 하는 할아버지의 마음은 무너져 내리고 있겠지만 할아버지는 그 마음을 표현하지 않고, 그저 이 고통의 시간을 이 부부와 함께 견디고 있다. 노쇠한 몸과 마음인지라 무너져 내리는 마음을 표현하다가는 몸까지 무너져 내릴 것 같으니.

침착하고도 굳은 표정의 할아버지와 달리,
할아버지에게 안겨 놀란 표정으로 죽은 피붙이를 보고 있는 여자 애와 달리,
이 바닷가 마을의 익숙한 사건인 익사를 침착하게 바라보고 있는 두 여인과 달리,
동적으로 슬픔을 표현하고 있는 깍지 낀 여인과 큰 누나와 달리,
아마도 반쯤 정신이 나간 채 죽은 애를 뚫어지게 쳐다보고 있는 어머니와 달리,
이 애에게서 얼굴을 돌린 채 거석처럼 서 있는 사람이 있다.
바로 이 애의 아버지다.

아버지는 슬퍼 보이기도 하고, 화가 나 보이기도 하고, 울 것 같기도 하고, 영원히 울지 않을 것 같기도 하다. 아버지가 화가 나 있다면 아마 그 대상은 바다, 그리고 자기 자신일 것이다.

바다 덕분에 입에 풀칠을 하며 먹고살지만, 동시에 그 바다 때문에 애

가 죽었지 않은가.
아버지가(혹은 어머니와 함께) 바다에서 일을 하는 사이에 애가 바닷가에서 혼자 놀다 변을 당했는지 어쩐 지는 알 수 없지만 아버지는 애가 이렇게 된 것을 자기 탓, 정확히 말하면 바다에서 밥을 벌어야 하는 자신 탓으로 돌리고 있을 것이다.

아버지는 죽은 자식을 향한 죄책감 때문에 땅이 무너지는 듯 다리가 풀리지만 앉을 수 없다. 한 번 앉으면 다시는 못 일어날 것 같기 때문이다.
그리고 죽어 있는 그 애를 한 번이라도 더 보고 싶지만 볼 수도 없다. 한번 보면 그 애를 놓아줄 수 없을 것 같기 때문이다.

그래서 아버지는 애써 애를 보지 않고 목석마냥 서 있다.
한 손으로 다른 한 손을 고문하듯 비틀어 움켜잡고 말이다.

아버지의 마음은 비틀린 한쪽 손 마냥 아프다.
그 손을 비틀어서 아프게 하는 것은 다름 아닌 자기 자신이다. 아버지는 아들을 죽음의 구렁텅이에서 구하지 못한 자기 자신을 이렇게 벌주고 있는 것이다. 그러나 아버지는 이 죽음의 현장에만 머물 수 없다. 남은 가족들의 생계를 책임지기 위해 아버지는, 또다시, 늘 그렇듯, 바다로 나가야 한다.
이 순간에도 외투조차 온전히 벗지 못하고 서 있는 아버지의 모습이 애처롭다.
다시 아버지는 그 외투를 입고 나가 바다에서 비바람과 싸울 것이다,

늘 그렇듯.

마을 사람들을 보자.
애가 익사했다는 소식을 듣고 사람들이 이 집으로 문상을 왔다. 세간살이라고 해 봐야 눈에 띄는 것은 고리에 대롱대롱 매달려 있는 둥근 냄비 정도다. 냄비 밑에는 장작불이 타고 있다. 추운 계절인 모양이다. 장작불이 타고 있고, 문상 온 이웃들의 옷차림이 가볍지 않은 것을 보면 말이다. 천장에 난 창문인지, 구멍인지로는 희미한 빛이 들어오고 있다.

희미한 빛이라.
희미한 빛.
저 위에서 비쳐 오는 희미한 빛.
바닷물 속에 갇힌 이 집의 애는 물에서 빠져나오려고 발버둥을 치면서 필사적으로 연신 위를 쳐다봤을 것이다.
거기에서 희미하게 들어왔을 빛, 빛들.
희미한 빛들.
저기로 나가기만 하면 살 수 있는데.
그러나 애는 끝내 빛을 따라 나오지 못했다.

천장에 난 창문인지, 구멍인지에서 왼쪽으로 시선을 돌리면 그물이 보인다.
그냥 그물, 그물일 뿐이다.
그러나 이 작품이 죽음의 현장을 그리고 있다는 점을 생각할 때 그물

은, 그러니까,
두개골처럼 보인다.
그물이 꼬인 모양이 눈 두 개, 입 하나가 달린 머리뼈처럼 보이지 않는가.

참으로 오싹한 모양새다.
죽음의 사자는 마치 그물처럼 바닷물 속에서 애의 몸을 휘감고 놓아주지 않았을 것이다.

그 옆으로는 더욱 거대한 그물 하나가
또 매달려 있다.
아, 이런.
다시 보니,
새로운 것이 보인다.

두개골 모양처럼 보인다고 말했던 그물이 작은 그물이고
그 옆에 있는 그물이 좀 더 큰 그물인데.

두개골 모양의 그물 밑에는 죽은 애가 누워 있고,
큰 그물 밑에는 그 애의 아버지가 서 있는 것 아닌가!

이걸 버튼의 메시지와 의도가 담겨있는 구도로 해석해야 할 것인가. 그러니까 이 애처럼 이 애의 아버지도 언젠가 바다에서 익사할 것임을 암시하기 위한 구도로 봐야 할 것인가. 아니나 다를까 거대한 그물은 아버지의 머리 바로 위까지 내려와 그 위에서 어지럽고 섬뜩하게 엉켜 있다. 마치 신화에 등장하는 고르곤의 머리통에 달린 뱀으로 된 머리카락들처럼 말이다.

지금 또다시 보니,
죽은 애 위에 있는 두개골 모양의 그물에도,
아버지 위에 있는 커다란 그물에도,
유난히 길게 늘어뜨려진 매듭이 각각 하나씩 비죽 내려와 있다.
마치 교수형 매듭처럼.

아니.
이 집에 더 이상은 그런 일이 없길 바란다.
지금 이 집에 모인 모든 사람들이 바다가 내어주는 좋은 것을 누리며,
잘 먹고 잘 살기를.

버튼의 "아란섬 어부의 익사한 아이"는 죽음의 현장에 참여한 사람들의 다양한 모습을 보여준다. 사실 죽음이라는 주제는 이미 죽은 사람에게는 하나도 중요하지 않다. 죽은 사람은 또 죽을 필요가 없기 때문이다. 죽음이라는 주제는 죽지 않은 사람들, 살아남은 사람들에게만 중요하다.

이 그림에서 죽은 애는 더 이상 죽음에 관심이 없다. 죽었기 때문이다. 죽음 때문에 슬퍼하고, 절망하고, 지금 죽은 이 애의 죽음에 대해 생각하다 보니 자연스레 앞으로 언젠가, 그러나 반드시 일어날 자기 자신

들의 죽음에 대해 생각하게 되고 그러다 보면 자동적으로 굳은 표정이 될 수밖에 없는 자들은 죽은 애가 아니라, 남겨진 사람들, 지금 이 그림 속에 모인 사람들이다.

그림 속 부부의 집.
이곳은 남겨진 사람들, 산 사람들을 위한 일종의 죽음 학교이다.
남의 죽음을 바라보고, 이를 통해 그들 자신의 죽음을 예상하고 받아들임으로써
죽음을 교육받는, 말하자면,
죽음 교육 학교 말이다.

버튼은 이 그림에서 죽음을 배우고 있는 사람들을 그리고 있다.
나아가 버튼은 가공할 만한 미학적 역량을 동원하여 우리 역시 그 배움의 시간에 함께 하도록 이끈다. 침묵과 고요 속에서.

10

『할머니의 멋들어진 의자』

아일랜드의 소설가이자 시인인 프란시스 브라운(Frances Browne)이 쓴, 『할머니의 멋들어진 의자가 들려주는 요정의 시대에 관한 이야기(*Granny's Wonderful Chair and its Tales of Fairy Times*)』는 아일랜드 아동 문학에 한 획을 그은 작품이다. 단편 동화들의 모음집 형태로 되어 있는 『할머니의 멋들어진 의자』 중 "심술이와 착한 이(Sour and Civil)"를 지금부터 읽어보려 하는데, 그전에 잠깐.
『할머니의 멋들어진 의자가 들려주는 요정의 시대에 관한 이야기』라는 제목에 대해 생각해 보려고 한다.

제목은 일련의 의문을 남긴다.
할머니라니? 어린애가 주인공인가? 동화니까 아무래도 그렇겠지. 그런데 어린애가 주인공이라면 그 애의 부모는 어디 가고 할머니가 나오나? 그건 그렇고, 의자. 멋들어진 의자라니? 음, 다시 보니 할머니가 아니라 의자가 중요하구먼. 얼마나 멋진 의자일까, 할머니보다 중요한 의자라면? 그런데 이 의자가 이야기를 들려준다고? 동화니까 충분히 그런 설정은 가능하지만 할머니가 있다면 왜 할머니가 이야기를 안 들려주고 의자가 이야기를? 그 의자가 들려주는 이야기가 요정의 시대에 관한 것이라고? 다시 한번 동화니까 요정이 충분히 언급될 만하지만 요정의 시대라니. 마치 석기 시대, 철기 시대, 청동기 시대마냥 실제 존재했던 시대인 것처럼 들리는구먼. 이런 으시딱딱한 표현을 쓰다니 상당히 독특한 작가인 것이 분명해.

『할머니의 멋들어진 의자』는 제목 한 줄만으로도 다양한 생각을 하게끔 한다.

이제, "심술이와 착한이"를 읽어보려 하는데 다시 그전에 잠깐.
『할머니의 멋들어진 의자』는 서문을 갖고 있다. 서문은 주인공 어린애에 대한 소개로 시작된다.

> 아주 오래전, 그러니까 요정들이 세상에 살고 있던 시절, 어린 여자애 하나가 살고 있었습니다. 그 애는 정말 정말 예쁘고 명랑했어요. 그 애의 이름은 스노우플라워 [눈꽃이라는 뜻]였습니다. 이 애는 예쁠 뿐만 아니라 착하기까지 했어요. 어느 누구도 이 애가 얼굴을 찡그리거나 싸우는 것을 본 적이 없었답니다.[3]

그야말로 이상화된 어린이가 아닐 수 없다.
예쁘고 명랑하고 착하기까지 한 데다 떼쓰지도 않고 친구랑 싸우지도

---

3 이 장에 인용되는 『할머니의 멋들어진 의자』의 모든 단어, 구절, 문장, 대목의 번역은 필자의 것임을 밝힌다.

않는 스노우플라워에게 피붙이라곤 나이 든 할머니, 프로스티페이스[서릿발 얼굴이라는 뜻] 뿐이다. 둘은 서로 의지하며 작은 오두막에서 그럭저럭 살아가고 있는 중이다. 가난한지라 세간살이가 변변치 않아 가구라고 불릴만한 것이라곤 커다란 안락의자 하나뿐. 다리에 바퀴가 달려 있고, 검은색 벨벳 쿠션이 놓인.

할머니는 저녁마다 스노우플라워에게 재미난 옛날이야기를 들려주고, 아이는 그 이야기를 재미있게 들으며 그렇게 둘이 지내고 있었는데.

어느 볕 좋은 날 아침,
할머니가 일어서더니 회색 망토를 걸치며 이렇게 말씀하셨다.

> 얘야, 난 이제 내 고모를 만나러 긴 여행을 하러 갈 거야. 고모는 저 멀리 북쪽 나라에 계신단다. 너를 데리고 갈 수는 없어. 왜냐면 고모는 짜증을 잘 내시는 데다 어린애들을 좋아하지 않으시거든. 혼자 있기 쓸쓸하면 저 안락의자 쿠션에 가만히 머리를 대고 이렇게 말해 보렴. "우리 할머니 의자야, 이야기를 들려줘"라고 말이다. 혹시 어딘가로 여행을 떠나고 싶으면 의자에 앉아서 이렇게 말하기만 하면 된단다. "우리 할머니 의자야, 나를 어디 어디로 데려다줘"라고 말이지.

나는 이 부분이 이 단편 모음집, 『할머니의 멋들어진 의자』에서 가장 아름답다고 생각한다. 프란시스 브라운은 '죽음'이라는 단어를 언급하지 않고도 죽음을, 마지막 순간을, 마지막 이별을 훌륭히 묘사해 낸다.

이 말을 들은 스노우플라워는 할머니가 그저 고모를 만나러 간 줄로 알 것이다. 그래서 할머니가 곧 돌아올 거라고 생각할 것이다. 하지만 어른 독자의 눈엔 여러 가지가 보이기 시작한다. "긴 여행"은 여느 여행이 아니라 죽음의 여정이며, 고모가 있다는 북쪽 나라는 죽은 자의 땅. 따라서 고모는 이미 돌아가신 분이고, 할머니가 고모를 만나러 길을 떠나려 한다는 것은 할머니가 자신의 죽음을 예감하고 마지막 준비를 한다는 의미.

그곳에 당연히 "너"를 데리고 갈 순 없지. 손녀는 아직 "어린애"라 아직 죽을 나이가 되지 않았으므로.

할머니는 혼자 남을 손녀가 안쓰러워 친구가 되어 줄 안락의자를 남기고 영영 돌아오지 못하는 곳으로 떠난다.
유언을 남기고 있는 할머니와 그것이 유언인지 모르는 손녀.
이제 이 애는 피붙이 하나 없는 혈혈단신이 되었다.
이 애에게 남은 건 이야기해 주는 의자 한 개뿐.

따라서 의자가 앞으로 들려줄 이야기들, 그러니까 『할머니의 멋들어진 의자』에 수록된 단편 동화들은 스노우플라워의 외로움, 혼자 남음, 이별, 할머니의 죽음 등 삶의 어두운 요소들을 양분으로 먹고 아름답게 피어난 이야기들이다.
동화란 그런 것이다, 아니 그래야만 한다.

동화는 삶의 어두운 면들, 슬프고, 고통스럽고, 외로운 면면을 표현하되 아름답게, 거칠지 않게, 무섭지 않게 그려내야 한다.
그건 동화를 읽을 어린이들을 위해서다.
그러나 그건 동화를 읽을 어른들을 위한 일이기도 하다.
어른도 아름답지 않은 것이 아름답게 그려지면,
거친 것이 거칠지 않게 그려지면,
무시무시한 것이 무시무시하지 않게 그려지면 위안을 받는다.
아름답지 않은 것, 거친 것, 무시무시한 것은 현실에서 보는 것만으로도 충분하다.

죽음과 이별과 산 자의 외로움을 이 보다 더 이상 아름답게, 부산 떨지 않고, 침착하게 표현할 수는 없을 것 같은 브라운의 필력은 가히 압도적이다.

할머니가 "여행"을 떠나기 전 손녀 먹으라고 마련해 둔 양식이 다 떨어져 갈 무렵, 스노우플라워는 의자를 타고 여행을 떠나기로 한다. 할머니를 찾으러.

다음날 아이는 이렇게 주문을 외운다.
"우리 할머니 의자야, 나를 할머니가 계신 곳으로 데려다줘".

이런!

이 의자가 이 애를 저승으로 데리고 갈 참인가.
일단 보자.

셀 수 없는 날들을 달리고 달린 할머니의 의자는 어느 날 어떤 곳에 도착한다. 거기에선 수많은 사람들이 모여 분주히 일을 하고 있었다. 스노우플라워가 그중 한 남자에게 무슨 일이 있는지 물었다. 남자가 대답했다. 그곳을 다스리고 있는 윈웰스 [재물을 얻는다는 뜻] 왕이 자신의 외동딸 그리다린드 공주의 생일잔치를 7일 간 열 예정인데 그것도 모르냐고.

그 말을 들은 스노우플라워는 의자에 대고 주물을 외운다. "우리 할머니 의자야, 나를 윈웰스 왕의 궁전으로 데려다줘".

윈웰스 왕은 스노우플라워가 어느 날 갑자기 자신 앞에 나타나 할머니의 의자에 대해 얘기하는 것을 듣고 재미있겠다 싶어서 잔치 기간 동안 궁전에서 가장 허름한 부엌에서 하인들과 함께 머물도록 허락한다. 맨 발인 데다 허름한 옷차림의 이 애를 반기는 사람은 이곳에 아무도 없다. 하인들도 이 애를 노골적으로 무시하는 통에 이 애는 쓰레기나 다름없는 음식을 먹으며 지내게 되는데.

어느 날 왕은 옛날이야기를 듣고 싶다며 스노우플라워를 불러들인다. 스노우플라워는 늘 그렇듯 마루에 앉아 의자 쿠션에 머리를 대고 주문을 외웠다.
"우리 할머니 의자야, 이야기를 들려줘".
그러자 쿠션 밑에서 목소리가 흘러나왔다.
"들려줄 테니 들어 봐라".

앞서 언급했던 "심술이와 착한이"는 의자가 들려주는 동화들 중 하나이다.
이름에서 매우 분명히 드러나듯 심술 맞은 사람과 착한 사람에 관한 다분히 교훈적인 동화다.

심술이와 착한이는 한 마을에 살며, 둘 다 홀어머니를 모시면서, 배 한 척을 갖고 둘이서 함께 고기잡이를 하는 솜씨 좋은 어부였다. 평소와는 달리 고기가 안 잡혀 애를 먹던 어느 날, 두 사람은 먼바다로 나갔다. '남자 인어의 자리'라는 이름이 붙은, 물 위로 불쑥 튀어나온 회색의 거친 바위가 있는 곳까지. 전해 오는 얘기로는 달빛 비치는 밤이면 남자 인어 혹은 바닷속 종족들이 그 바위에 앉아 있곤 한다는데.

이젠 그 얘길 믿는 사람은 없었지만, 그래도 그곳에서 선뜻 고기잡이를 하려는 사람은 없었다. 수심이 어마어마하게 깊다는 소문이 있었기 때문이다. 하지만 심술이와 착한이는 아랑곳 않고 바위 바로 옆에 그물을 쳤다. 얼마 후 묵직한 것이 걸려든 느낌이 들어 신나게 그물을 힘껏 올리는데.

아뿔싸.

무서울 정도로 못 생긴 물고기, 착한이의 키만큼 길고, 코는 엄청 크고, 긴 수염이 달리고, 몸은 가시로 뒤덮인 물고기 한 마리가 그 안에 있는 것 아닌가.

심술이가 말했다. "꼴사납게 못 생긴 짐승이군!"

어, 어, 이거 벌써부터 불길하다.

동화나 옛날이야기에서 예의 없는 인물은 백이면 백, 이후 그 대가를 치르기 마련.

심술이와 착한이가 한 번 더 그물을 쳐 보네 마네 옥신각신 하던 그때, 거대 물고기가 입을 열었다.

> 내가 보기에 니들은 날 니들 집으로 가져갈 가치가 없다고 생각하는 것 같은데. 니들의 그 지저분한 배에 싣고 말이지. 그런데 니들이 내가 사는 곳으로 가 본다면 말이다, 니들 중 누구도 나랑 말이라도 섞을 주제가 못 된다는 걸 알게 될 것이야.

예의를 모르는 사람에 대한 응수는 이렇게 하는 것이다.
"니들의 그 지저분한 배"라느니, 니들은 나랑 말 섞을 주제도 안 된다느니 같은 융단 폭격을 순간에 맞아 얼떨떨해진, 게다가 물고기가 말을 하는 것을 보고 화들짝 놀란 두 사람.

잠시 후 착한이가 이렇게 말했다.

> 나리, 송구스럽습니다만 나리와 같은 커다란 물고기를 태우기엔 저희 배가 너무 작습니다.

물고기가 말했다. "나리라 부르다니 제대로 된 녀석이구나".
예의 있는 말에 즉각 반응을 보이는 것을 보니 물고기가 심술이의 예의 없음 때문에 단단히 언짢았겠구나 추측해 보게 된다.

물고기는 "제대로 된" 착한이에게 파격적인 제안을 한다.
너 내 딸이랑 결혼할래?

마을로 돌아온 심술이와 착한이.
이후 심술이는 착한이가 못 생긴 물고기의 딸이랑 살 놈이라는 말을 하고 돌아다닌다. 이에 화가 난 착한이네 엄마는 저런 녀석이랑은 앞으로 동업하지 말라는 말을 하기에 이르는데.

둘이 같이 타던 배가 심술이 소유였기 때문에 착한이는 별수 없이 동네 어부에게서 땔감 신세가 되기 직전의 낡아빠진 고깃배 한 척을 사서 어찌어찌 수리를 하여 쓰기로 한다. 하지만 배가 형편없으니 물고기도 잘 잡히지 않았다. 이런 날이 반복되던 어느 날, 착한이는 고기를 잡아 볼 생각으로 섬섬 더 깊은 바다로 나아갔다.

그러다가 결국 '남자 인어의 자리' 바위까지 오게 됐는데,
거기에 웬 아름다운 세 여자가 떡하니 앉아있는 게 아닌가.

그중 두 여자가 그에게 오라고 손짓을 한다.
이 여자들의 뺨은 창백하고, 머리카락엔 파란빛이 돌고, 눈에선 불같은 빛이 뿜어져 나온다.

다른 한 여자는 착한이 쪽은 쳐다보지도 않고 오로지 지는 해만 뚫어져라 바라보고 있다.
한 마디로, 단단히 특이한 분위기의 여자들이다.

두 여자가 한 여자를 데리고 착한이의 배로 성큼 뛰어 들어오며 말했다. “환영합니다. 우리 아버지가 당신을 데리고 오래요”.

일동은 내려갔다.
바닷물 아래로,
아래로,
아래로,
아래로.

마침내 도착한 바닷속 나라.
꽃도, 나무도 없이 자갈과 조개껍질이 잔뜩 깔려 있고, 대리석 언덕이 있는 곳.

세 여자는 착한이를 궁전으로 데리고 갔다.
그곳엔 남자 인어 하나가 몸에 진귀한 보석을 주렁주렁 달고는 웅장한 의자에 앉아 있었다.

세 여자가 말했다. “아버지, 모셔 왔어요”.

“환영하오, 어서 오시오”. 남자 인어가 말하는데, 순간 착한이는 놀라 자빠질 뻔했다. 그건 다름 아닌 그 못생긴 물고기의 목소리였기 때문이다.

남자 인어 - 아니 인어 용왕이라고 부르는 게 좋겠다 - 가 말을 계속했다. "이 세 여식 중 신붓감으로 누가 좋겠소? 골라 보시오".

아니, 이렇게 일방적일 수가.
나는 이미 용궁에 왔고, 이들은 일방적이기로 작정을 했으니, 나 혼자 용쓴다고 달라질 것은 없어 보였으므로, 에라 모르겠다, 착한이는 허기라도 달래기로 했다. 눈앞엔 술과 고기가 으리으리한 그릇에 잔뜩 차려져 있었다. 착한이는 음식을 먹었다. 낯설고 물설은 곳에서 먹는 음식. 이곳 음식에선 죄다 바다 냄새가 났다.

착한이가 음식을 먹는 내내 두 여자는 옆에 앉아 시중을 들었다. 그러나 다른 한 여자는 눈에 띄지 않게 행동하며 착한이를 몰래 훔쳐보기도 하고, 착한이에게 조심하라는 듯 경고의 눈길을 보내기도 했다.

착한 이가 식사를 마치자 인어 용왕은 착한이를 대리석 방으로 데리고 갔다. 그곳엔 에메랄드며, 사파이어며, 루비며, 다이아몬드며, 진주 등등이 가득가득 차 있었다. 난생 처음 보는 광경에 눈이 휘둥그레진 착한이에게 인어 용왕이 말했다. "첫째 여식과 결혼하면 이게 다 당신 거요".

인어 용왕은 또 다른 방으로 착한 이를 안내했다. 이번 방은 금화로 빼

곡했다. 난생처음 보는 광경에 놀라 자빠지게 생긴 착한이에게 인어 용왕이 말했다. "둘째 여식과 결혼하면 이게 다 당신 거요".

인어 용왕이 말을 계속했다. "단, 셋째와 혼인하겠다면 국물도 없소. 멍청한 그 애는 사실 내 자식이 아니니까. 불쌍해서 맡아 키우게 된 남의 자식이라오".

이 말에 착한이는 마음을 굳혀 버렸다. "전 셋째를 고를랍니다. 두 따님은 제겐 너무 과분합니다. 가진 게 없는 제게는, 가진 게 없는 셋째가 어울린다고 생각합니다".

인어 용왕이 말했다. "그렇다면 말이오, 오래 기다려야 할 거요. 난 내 딸들보다 그 애를 먼저 결혼시킬 마음은 없으니까".

인어 용왕은 착한이의 마음을 돌리기 위해 열심히 설득했으나 착한이는 요지부동이었다.

도대체 간에 이 바다 종족들은 지치지도 않고, 잠도 안 자고 먹고 놀고 마셔댔다. 허구한 날 벌어지는 잔치는 끝이 날 줄을 몰랐고, 이들은 밤낮없이 홍청망청 이었다. 착한이는 졸리고 피곤해서 쓰러질 지경이었지만 어찌 된 일인지 이들은 기력도 좋게 주구장창 춤추고 놀기를 반복했다. 잠도 안 자고, 일은 안 하고, 오로지 인생을 즐기기만 하는 이 민족들 사이에서 착한이는 어머니와 함께 살며 일한 만큼 벌어먹고 살던 시절을 그리워했다.

그러던 어느 날, 그 입양된 딸과 대화를 하게 된 착한이.

입양 딸은 이곳엔 일곱 개의 문이 있으며, 인어 용왕은 그 문을 여는 열쇠를 갖고 있고, 그중의 하나는 바다 밑에 난 길로 이어지는데, 그 길을 따라가다 보면 육지에 도착할 수 있다고 알려준다. 입양 딸이 말했다.

> 혹시 그 문으로 나가시게 되거든 저도 데리고 가 주세요. 전 이곳 사람이 아니라 원래 육지 태생입니다. 하지만 부모가 누군지도 몰라요. 그저 어느 날 큰 배를 타게 됐는데 폭풍우를 만나는 바람에 다 죽고 저만 살아남았다는 것만 기억하고 있어요. 저는 그때 어린애였는데 이 바다 민족들이 바다 위에 떠 있는 저를 보고 바다 밑으로 데리고 왔어요. 아, 참. 혹시 이곳을 떠나게 되거든, 이 사람들의 물건은 뭐가 됐든 절대 가지고 가면 안 돼요. 조개껍데기 하나, 자갈 한 개 라도요. 아셨죠? 그걸 당신이 지니게 되는 순간 이 사람들은 당신을 좌지우지 할 수 있는 힘을 갖게 되니까요.

바다 종속들의 물건은, 내 주머니에 들어가는 순간 날 잡아 잡수 하는, 이를테면, 내 위치를 알려주는 위치 추적기가 된다는 것.

맞다.

남의 물건은 독이다.

그게 뭐가 됐든 손을 안대는 게 상책이다.

남의 물건은, 말하자면, 주인을 알아보는, 독을 내뿜는 다이아몬드 같은 것이어서 주인 아닌 사람이 손을 대면 독을 내뿜어 그것을 만지는 손을 형체도 없이 녹여 버린다.

남의 물건을 몰래 가져온다는 것은 그 물건만 가져오는 것이 아니라, 그 물건을 잃어버린 사람의 분노까지 함께 가져오는 것이다. 용궁의 물건이야 더 말할 필요가 뭐 있겠는가. 누군가가 용궁에서 지상으로 돌아와서 "이거 용궁에서 가져온 조개껍데기요"라고 내놓으면 당장 지상에선 돈이 좀 될 것이다. 신기할 테니까. 그러나 그는 동시에 용궁의 복수를 각오해야 할 것이다.

착한이는 끝까지 착할 것인가. 아니면 스스로를 끝장낼 수류탄을 제 주머니에 숨긴 채 육지에 발을 디딜 것인가.

착한이는 입양 딸에게 잘 알겠다고, 그리고 이곳에서 나가게 되면 당신을 꼭 데리고 가겠다고 약속했다.

한편 착한이의 어머니는 아들이 익사했다고 생각하면서도 매일같이 바닷가에 나가, 오지 않는 아들을 기다렸다. 그날도 어머니는 여느 때처럼 바닷가에 앉아 아들을 기다리고 있었는데 눈앞에 웬 여인 하나가 나타났다.

여인은 온통 검은색 옷을 입고 검은 말을 타고 있었는데, 시종 하나를 거느리고 있었다. 여인이 말했다. "잃어버린 내 딸 생각만 하면 속이 터집니다".

착한이네 어머니도 말했다. "나도 아들 생각만 하면 속이 터져요".

여인은 자신의 구구절절한 사연을 털어놓기 시작한다.

> 내 말 좀 들어보소. 내 남편은 지체 높은 귀족이었는데 내게 성 한 채랑 외동딸 하나를 남기고 하늘로 먼저 갔어요. 그 애 이름은 페이스 페인리스 [거짓 없는 충실함이라는 뜻]랍니다. 그런데 이 애가 어릴 때 점쟁이 하나가 하는 말이 나중에 어부랑 결혼할 팔자라는 거예요. 전 지체 높은 우리 집안에 이런 일이 절대 일어나선 안 된다고 생각해서 이 애를 유모와 함께 배에 실어 친척이 사는 먼 곳으로 보냈어요. 저는 토지와 성을 처분하고 뒤따라갈 생각이었지요. 하지만 배는 난파되고 내 딸은 익사했지 뭡니까. 이후 저는 이곳저곳을 방랑하며 지내고 있어요. 당신은 좋은 사람 같아 보이니 당신 집이 누추하더라도 당신 집에 머무르겠어요. 숙박료로 지불할 금덩이는 충분히 있습니다. 그나저나 내 딸이 살아있기만 하다면 그 애가 어부랑 결혼한다 해도 환영할 텐데.

잘 나가다 이게 무슨 말?
재워준다는 제안을 하지도 않은 사람에게 대뜸 네 집에 머무르겠다니? 게다가 아무리 "당신 집이 누추하더라도"? 일방적으로 자기 말만 하는 이 여인의 성품이 다소 의심스럽기는 하지만 그나마 숙박료는 내겠다니 어쨌거나 좀 더 지켜볼 일이다.

다시 바닷속으로 가보자.
인어 용왕은 한 번 거절당했다고 해서 물러서는 인물이 아니었다.
용왕은 착한이에게 계속 보석과 금덩이를 보여주며 두 딸 중 하나와 결혼하면 이건 다 네 것이라는 말을 해댔다. 착한이가 혼잣말처럼 중

얼거렸다.
"지상에 있는 내 동족들이 이 보석과 금덩이를 보면 얼마나 좋아할까!"

인어 용왕이 용케 그 말을 듣고 반색했다. 용왕은 가능한 한 많은 지상 사람들이 바닷속으로 오는 것을 늘 환영했기 때문이었다. 인어 용왕이 말했다. "이 보석들을 좀 가지고 가서 그 사람들에게 보여주면 여기로 올 마음이 생기지 않겠소?"

착한이가 말했다. "미천한 저에게 용왕님의 의중을 전할 책무를 주시니 감사드립니다. 허나 지상 사람들은 적어도 두 명이 같은 말을 해야 믿는 습관이 있습니다. 제가 고른 저 아가씨를 저와 동행하게 해 주신다면 그들이 저희 말을 믿게 하는데 도움이 될 것 같습니다".

용왕은 착한이의 요청을 수락하며 말했다. "이 보물들을 가져가서 그들에게 보여 주시오. 좋아들 할 테니".

이런.
보물, 아니, 독사과, 수류탄을 제 호주머니에 넣고 가게 생긴 착한이.

용왕은 용왕대로 생각이 있었다. '이걸 가져가면 결국 다시 여기로 오게 되어 있다 이거야. 니들은 내 손에서 못 벗어난다 이 말이지'.

힘 있는 놈이 가져가라는데 어쩌겠는가. 힘없는 놈은 알겠다고 할 수

밖에 없다.

용왕은 첫째 딸을 따라가라고 말했다. 첫째 딸은 지상으로 가는 문을 여는 열쇠를 가지고 있으니.

착한이와 입양 딸은 첫째 딸을 따라갔다. 불빛 하나 없이 어두컴컴하고 구불구불한 길을 따라 한참 걸으니 거대한 돌문이 나타났다. 천둥 같은 소리를 내며 열리는 돌문을 통과하니 좁디좁은 동굴이 나왔다.
동굴은
위로,
위로,
위로 이어져 있었고,
셋은
위로,
위로,
위로
올라갔다.

한참을 오르다보니 빛이 보였고, 푸른 하늘도 보였다.
마침내 해변에 도착한 셋.
인어 용왕의 첫째 딸은 마지막 인사를 하더니 흔적도 없이 홀연히 사라졌다.

입양 딸이 말했다. “이제 용왕네 나라에는 다시 갈 일이 없으니 얼른 버릴래요". 입양 딸은 갖고 있던 보석 보따리를 바닷속으로 냅다 던져 버렸다. 착한이 역시 갖고 있던 보석 꾸러미를 바다 멀리 던졌다. 착한이는 자신의 집을 바라봤다. 굴뚝에선 연기가 솟아오르고 있었다. 그는 입양 딸과 함께 집으로 향했다.

착한이네 집엔 경사가 났다.
착한이의 어머니는 아들이 돌아오니 기쁨을 감출 수 없었다. 이 집에서 머물고 있던 검은 옷의 여인, 그러니까 용왕의 입양 딸인 페이스 페인리스의 어머니 역시 딸이 돌아와서 무척 기뻤다. 이후 착한이와 페이스 페인리스는 결혼해서 행복하게 살았답니다. 끝.

의자의 이야기는 이렇게 끝나고, 매우 만족한 왕은 스노우플라워에게 어여쁜 보라색 벨벳 망토를 하사하라고 명한다. 하지만 그렇다고 해서 이 애의 처지가 달라지는 일 같은 것은 일어나지 않고 이 애는 여전히 허름한 부엌에서 숙식을 해결한다. 그러다가 왕이 부르면 달려가 새로운 이야기를 들려주고.

이야기 하나에 이렇게 집중하고, 즐거워하던 순한 시절이 있었다.
옛날이야기를 듣고 싶어 어른들에게 조르기도 하고, 어른들의 얘기 밑천이 바닥나면 아이들이 자기들끼리 이야기를 지어내어 들려주고, 듣던 순한 시절이 있었다.
그런 순한 시절은 갔다.
다신 안 올 것 같다는 말이다.

이젠 누가 이야기를 들려 달라고 청하겠는가.
이야기 듣는 것보다 더 자극적이고, 더 생동감 있고, 더 재미나다고 생각들을 하는 것들이 사방팔방에 널리고 널렸는데.

이야기를 듣는 행위는 집중을 요한다.
말이라는 것은 어, 어, 하는 순간에 연기처럼 휙하니 사라지는 요물이기 때문에 집중하지 않고 귀만 열어놓고 있다 보면, 들었으나 뭘 들었는지 모르게 되는 것이다.

그러나,
이젠(아니, 오래됐지만) 이야기 듣다가 집중 못해서 영영 놓칠 걱정은 안 해도 된다. 허투루 듣는 둥 마는 둥 해도 된다. 모든 소리는 녹음 가능하므로. 다음에 또 들으면 되니까. 하긴, 다음에 또 듣는 일조차도 안 일어날지 모른다. 귀찮으니까.

이야기를 듣는 행위는, 또한, 상상력을 요한다.
이야기를 듣는 동안 듣는 자는 어떤 방식으로든 상상을 하지 않을 수가 없다. 예컨대, 인어 용왕의 모습에 대한 묘사를 듣고 있노라면 이야기를 듣는 사람은 나름대로 그 모습을 머릿속에 그려보게 되지 않겠는가.

그러나 이젠 이야기가 귀에 흘러 들어오는 동안에도 상상할 필요가 없다.
영상으로 눈앞에 죄다 보이는데 뭐 하러 상상을 하겠는가.

이리하여,
우리는,
너의 입에서 나오는 이야기에 집중하지도, 아니, 그보다,
그 이야기 자체를 듣고 싶어 하지조차 않는 시대에 살고 있는 것이다.
지금은 더 이상 너의 이야기가 나의 상상력을 불러일으키지 못하는 시대이다.

그러니 프란시스 브라운도 이 동화 제목에 "요정의 시대에 관한 이야기"라고 쓴 것 아니겠는가. 이야기를 듣고, 슬퍼하고, 기뻐하고, 놀라는 일은 프란시스 브라운이 살던 시대, 나아가 지금 우리가 사는 시대에선 좀처럼 일어나지 않는 현상이라는 말이다. 요정의 시대에나 가능했던 일.

그렇다면,
이렇게도 구닥다리이고, 시대착오적이고, 비현실적인 이야기를 들으려고 기를 쓸 필요가 뭐 있겠는가. 나아가 귀로 듣는 이야기만큼이나 구닥다리이고, 시대착오적이고, 비현실적이고 비경제적이고 돈이 되지 않는다고 생각되는 문학, 서사를 읽을 필요가 뭐 있겠는가.
클릭 한 번한 하면 화려한 영상이 눈앞에서 빙글빙글 돌고, 바야흐로 기계가 사람처럼 되겠다고 노골적으로 세를 과시하는 시절인데 그런 구닥다리 이야기, 문학 따위가 무슨 소용? 그런 이야기를 읽고 들으며 기뻐하고 슬퍼하면서 정서를 연마하는 것이 밥이 되냐, 돈이 되냐, 효율성에 도움이 되냐, 그러니 정신 차려라?

라고 얘기하고 싶은가.

이 지점에서 우리가 잊지 말아야 할 것은 이야기는, 서사는, 문학은, 사람에 대한 것이라는 점이다. 다시 말해, 이야기, 문학은 사람의 감정을 다룬다는 점이다.

뉴스를 가득 메우고 있는 사건, 사고들에 대한 기사를 보고 있자면 도대체 이게 감정을 가진 사람이 저지른 일이 맞나 하는 생각을 하게 된다. 나는 이 모든 일의 사단이 일종의 '감정 훈련'을 구닥다리이고, 시대착오적이고, 비경제적이라며 멸시하고 우습게 본 데서 비롯되었다고 생각한다. 다시 말해, 기쁜 일을 보거나 읽으면 웃고, 슬픈 일을 보거나 읽으면 울 수 있어야 하는데, 이건 정말이지 인간으로서 잃지 않아야 할 가장 기본적인 미덕이며, 차라리 본능 같은 것이 되어야 하는데, 이러한 감정 훈련이 도무지 왜 필요한지 인식조차 못하고 오로지 효율성, 효율성, 효율성만 열망한 결과가 바로 오늘날 우리가 뉴스에서 목도하는 수많은, 그야말로 종류도 다양한 사건, 사고라는 말이다.

감정, 느끼는 능력은 인간 고유의 영역이다.
웃음과 눈물은 인간의 신성한 소유물이다.
부디, 제발, 인간이 가진 마지막 보루인 '느끼는 능력', '감정'을 제 손으로, 자발적으로 포기하지 말자.

문학 속에는 온갖 감정들이 들어있다. 슬픔, 기쁨, 분노, 환희, 절망, 희망 등.

문학 작품을 읽으면서 그 속의 인물은 어떤 감정을 느끼는지, 그 인물이 그런 감정을 느끼는 것을 보면서 나는 어떤 감정을 느끼는지 관찰해 보자. 이게 바로 감정 훈련이다. 좋은 것을 보면 웃고, 슬픈 것을 보면 울 수 있어야 사람이다. 그렇지 못하면 사람이 해서는 안 될 일을 할 확률이 상당히 높아지게 될 것이다. 문학이 모든 문제를 해결해 주는 만병통치약이라고 말하는 게 아니다. 그러나 분명, 문학은 문제를 해결해 주는 수많은 해결책 중 하나가 될 수는 있다.

아일랜드는 문학의 힘, 이야기의 힘에 대해 너무도 잘 알고 있는 곳이다.

무엇이 진정 시대착오적인 것인지 모르는 듯한 이 시절, 나의 정서적 발길이 자꾸만 아일랜드로 향하고 또 향하는 이유이다.

11

완전 극단적인 제안

아일랜드의 위대한 작가, 조너선 스위프트(Jonathan Swift)가 잉글랜드에서 상처받고 낙담해서, 더 정확히 말하면, 분노해서 아일랜드로 돌아와 돌연 아일랜드 애국자로 변모하여 아일랜드를 옹호하고 잉글랜드를 공격하던 시기, 그러니까 『걸리버 여행기(*Gulliver's Travels*)』 집필을 시작하던 시기로 돌아가 보고자 한다. 이 시기에 스위프트는 풍자 문학 한 편을 더 써낸다. 『가난한 집의 애들이 자기 부모에게, 나아가 국가에 짐 덩어리가 되는 것을 막고 사회에 득이 되는 존재들이 되도록 돕기 위한 극단적이지 않은 제안(*A Modest Proposal for Preventing the Children of Poor People from Being a Burthen to Their Parents or Country, and for Making Them Beneficial to the Publick*)』(1729년 출판)이라는 긴 제목을 가진, 하지만 보통은 간략하게 『극단적이지 않은 제안』으로 불리는, 빛나는 풍자 한 편 속에서 우리는 스위프트의 기지와 천재성을 목격하게 된다. 이 글에서 스위프트는 당시 가난에 허덕이던 아일랜드 사람들을 가난에서 조금이나마 벗어날 수 있게 해 줄 매우 그로테스크한 해결책을 제시한다.

우선 제목을 찬찬히 들여다보자. 제목 속에는 다음의 몇 가지 진술이 들어있다.

첫째, 가난한 집에서 태어난 애들은 가난한 그들의 부모와 국가에 '짐 덩어리'다.[4]
둘째, 이들이 "짐 덩어리"가 되는 것을 막아야 한다.
셋째, 이들을 "사회에 득이 되는 존재들"로 만들어야 한다.
넷째, 내가 제시할 제안은 "극단적이지 않다".

스위프트의 비틀기, 풍자는 제목에서부터 시작된다. 스위프트는 정말로 가난한 가정의 애들은 "짐 덩어리"라고 말하고 싶은 걸까. "사회에 득이" 되게 한다니. 정확히 사회의 누구, 어떤 층에게 "득이" 되어야 한다는 건가. 그런데, 스위프트가 정말로 가난한 집에서 태어난 애들을 "짐 덩어리"로 생각했다면, 그리고 "사회에 득이"되지 않으면 이 애들은 "짐 덩어리"에 불과하다고 생각했다면 그는 『극단적이지 않은 제안』을 쓰지도 않았을 것이다.

태어나진, 혹은 태어남을 당한 애들에겐 죄가 없다. 스위프트는 이 애들이 아니라 이 애들을 "짐 덩어리"로 만든, 혹은 "짐 덩어리"로 생각되게끔 사회를 그 지경으로 만든, 당시의 공리주의, 그러니까, 누군가가 가시적인 이익이나 성과를 내지 못하면 그를 "짐 덩어리"로 생각하는

---

4 이 장에 인용되는 『극단적이지 않은 제안』의 모든 단어, 구절, 문장, 대목의 번역은 필자의 것임을 밝힌다.

당대의 공리주의 내지 실리주의를 비판하고 있는 것이다.

실리주의가 왕 노릇을 하는 사회에서 살고 있는가. 그렇다면 뭐라도 해야 한다. 심지어 애들이라도 말이다. 가난한 애가 "사회에 득이 되는" 뭔가를 할 수 없다면? 그 애의, 역시 가난한 부모가 그 애를 "사회의 득이 되는" 존재로 만들 수는 있다. 어떻게? 스위프트는 부모들에게 이런 제안을 낸다.

애들을 부자, 특히 영국 부자들이 먹을 음식으로 파시오.

실로 엽기적이다. 애들을 고기로 팔다니. 그러나 문자 그대로 곧이곧대로 해석하지 말고, 이 글의 장르는 풍자임을 상기하자. 즉, 다시 말하지만, 스위프트는 가난한 집의 애들을 공격하는 것이 아니라, 이 방법, 저 방법 모두 다 안 통하는, 그리하여 이런 말도 안 되는 담론을 펴는 것 말고는 도무지 돌파구가 없어 보이는 답 없는 사회, 귀 닫고 눈 닫은 벽창호 같은 당시의 사회를 공격하고 있는 것이다. 나는 『극단적이지 않은 제안』을 읽고 말할 수 없이 슬펐다. 너무나도 슬펐다. 당시 가난한 아일랜드 사람들은 살기 위해선 단 하나 남은, 자신의 몸을 내놓아야 할 판이었다는 말 아닌가. 살기 위해선 고기로 먹혀 죽어야 한다니. 끔찍한 역설이다. 요컨대 『극단적이지 않은 제안』의 요지는 아일랜드인, 아일랜드의 가난한 애들은 영국인을 위한 고기가 되자는 것이다. 이 제안 속에는 스위프트의 꾹꾹 누른 불같은 분노와 아일랜드의 가난한 사람들에 대한 깊고 깊은 애정이 뒤섞여 들어있다.

스위프트를 읽고 있으면 풍자는 분노이되, 인내심으로 순화된 분노라는 것을 알게 된다.

스위프트는 이 제안이 "극단적이지 않다"라고 말한다. "극단적이지 않다"는 영어의 'modest'를 번역한 것인데, 옥스포드 영어 사전에 따르면 'modest'라는 단어는 "가혹하지 않은"이라는 의미도 함께 가진다. 애를 고기로 팔라는 제안은 분명 "극단적"이고 "가혹"하다. 그러나 스위프트가 볼 때 이 당시 아일랜드 사회의 "극단적"이고 "가혹한" 모습 - 즉 애, 어른 할 것 없이 먹을 게 없어서 거리에 나와 구걸하는데 국가 혹은 영국은 가난한 사람들이 애를 낳지 않아 세금 낼 인구가 줄어들까 봐 전전긍긍할 뿐, 근본적으로 상황을 개선할 노력을 하지 않거나 못하고 있던 것 - 에 비하면 자신의 제안은 오히려 덜 "극단적"이고, 덜 "가혹한" 것이었다.

극한의 배고픔에 몰려 더 이상 갈 곳 없는 아일랜드의 가난한 사람들 편에 선 스위프트는『극단적이지 않은 제안』에서 이렇게 풍자의 펜을 휘두른다.

> 장사꾼들에게 듣기로 12세 이하 애들은 아무도 안 사가는 물건이다. 그리고 12세가 되더라도 팔아봤자 몇 푼 받지도 못한다.... 내가 아는 유식한 미국인 하나가 런던에 사는데 그 사람 말이, 잘 먹고 자란 한 살 난 애는 최고로 맛있고 영양 만점인 음식이라는 것이다. 끓이든, 굽든, 삶든.... 단언컨대 이 어린애 고기는 돈 많은 귀한 분들에게 안성맞춤이다. 이미 이 분들은 이 애들의 부모들을 다 드셔 버렸으니 이

> 제는 이 애들을 드시면 되겠다.... 애 고기를 먹기엔 돈이 너무 아깝다 하시는 분들은 이렇게 하시라. 일단 애의 시체에서 벼룩을 떼어낸 후 가죽을 벗겨 숙녀용 장갑이나 신사용 신발을 만드시라.

실로 무시무시한 분노가 느껴지지 않는가. 그러나 한편으론 인용문을 가득 채운 자해의 언어들이 너무 슬프다. 스위프트는 어떤 바람을 품고 이 글을 썼을까. 아마도 "돈 많은 귀한 분들"이 자신의 글을 읽으며 자신들 스스로를, 그리고 생명을 위협하는 배고픔에 시달리는 사람들을 잠시나마 돌아보기를 바라지 않았을까. 스위프트의 시대엔 풍자를 포함한 모든 문학 혹은 문자 매체는 상류층의 전유물이었으므로, 그가 염두에 둔 독자층은 분명 당대의 상류층이었다. 다음 인용문도 보자.

> 애 고기를 팔자는 이 제안은 결혼을 크게 장려할 것으로 기대된다. 현명한 국가라면 보상을 해 주든지 아니면 법으로 밀어붙여 불이익을 주든지 해서 장려하는 그 결혼 말이다. 그 제안은 어머니가 애에게 더 큰 애정과 관심을 기울이도록 유도할 거다. 이 가여운 어린애가 부모의 수입원이 될 테니. 결혼한 여인들 간에 누가 더 통통한 어린애를 시장에 가져오는지를 놓고 경쟁을 벌이는 날이 머지않아 올 것이다. 남편은 임신 중인 아내를 잘 대해 줄 거다. 지금 아내는 망아지 품은 암말이요, 송아지 품은 암소이며, 분만을 앞둔 암퇘지이므로. 또한 아내가 유산할까 두려워 두들겨 패지도 않을 거다. 아내를 때리는 건 너무나도 자주 있는 일이지만.

"가여운 어린애"라는 표현 속에 스위프트의 진심이 고스란히 담겨 있다. 스위프트가 던지는 질문은 이것이다. 이 "가여운 어린애"가 정말로 고기가 되어 누군가의 음식이 되길 원하는가, 정말이지 잉글랜드, 당신들은 그걸 원하는가, 지금까지 먹은 것으로도 부족해서 아직도 더 먹어야겠는가, 정말 당신들은 인간이 잔인해질 수 있는 한계까지 잔인해지길 원하는가.

슬픈 땅, 아일랜드. 하지만 그 슬픔의 시간들은 스위프트를 낳고, 문학을 낳았다.
슬픔과 고통의 시간들이 허투루 낭비되지 않은 땅, 아일랜드.
우리의 삶도 그러하기를.

12

아. 정말. 해도 너무 해.

아! 정말! 해도 너무 하네!
스위프트의 『걸리버 여행기』를 읽으면 반드시 나올 수밖에 없는 감탄사이다.

아, 정말이지, 이럴 순 없다.
도대체 어떤 삶을 살고, 어떤 경험을 하고, 어떤 책을 읽고, 어떤 생각을 하고 살면 이런 대작을 쓸 수 있는 것이냐.

나는 『걸리버 여행기』를 읽을 때마다 새로운 의미들을 발견한다. 처음 읽었을 땐 안 보이던 의미들이, 두 번째, 세 번째, 네 번째 읽을 땐 홀연히 나타나곤 하는 것이다. 마치 수많은 것들을 곳곳에 숨겨 놓은, 거대하고 복잡하고 정교하고 현란하고 화려하게 채색된 숨은 그림 찾기 판을 보는 것 같다고 할까. 스위프트가 곳곳에 심어 놓은 숨겨진 의미들은 한 번의 독서로 몽땅 찾아지지 않는다. 그런 일은 절대 일어나지 않을 것이다. 왜냐하면 그 의미들의 개수가 실로 어마어마하기 때문에. 몇 개를 찾느냐는 전적으로 독자의 역량에 달려 있다. 『걸리버 여행기』는 말이다, 이 정도면 다 찾았겠지 싶다가도 한 번 더 읽으면 뭐가 또 나오고, 더 읽으면 뭐가 더 또 나오는, 실로 희한한 독서 경험을 안겨 준다.

이처럼 어른도 찾기 힘든 의미들이 곳곳에, 그것도 매우 세련되고 정교하게 숨겨져 있는 작품이 가끔 동화로 인식되곤 한다는 점은 매우 놀랍다. 그도 그럴 것이 키가 15센티미터인 사람들, 거인들, 공중에 떠 있는 성, 지성을 가진 말 종족 등, 어린이의 눈으로 봐도 충분히 신나고 재미있을 기발한 소재들이 콸콸 쏟아지니 동화로 인식될 법도 하다. 이러한 소재들이 삽화로 그려지고, 갖가지 색을 입고, 거기에서 나아가 애니메이션이나 영화로 만들어진다면 얼마나 더 현란하겠는가.

그러나 스위프트는 그 모든 신기하고 재미난 소재들을 그저 신기하고 재미있자고만 등장시킨 게 아니다. 마냥 신기하고 재미있기만 하다면 어른들은 뭐 하러 『걸리버 여행기』를 찾아 읽겠는가. 어른들이, 성인이, 『걸리버 여행기』를 읽는 이유는 그것이 자신들에 대한 이야기, 어른 세계에 대한 이야기임을 본능적으로 알기 때문이다.

스위프트는 그의 또 다른 작품, 『책들의 전쟁(*The Battle of the Books*)』의 서문에 이렇게 썼다.

> 풍자는 일종의 유리다. 우리가 우리 얼굴 빼고 모든 사람의 얼굴을 다 보는 유리 말이다. 그런 이유로 풍자는 세상에 나오면 환영을 받게 되어 있고, 그것에 화를 내는 사람은 거의 없다. [저자의 번역]

인간의 본성에 대해 이처럼 정확하게 간파하고 있는 작가는 유사 이래 아마 몇 안 될 것이다. 인간의 본성을 이처럼 정확히 알고 있으니 인간 본성에 대한 정확한 풍자도 가능했을 것이다. 스위프트가 위 인용문에서 말하고 있는 바는 다음과 같다.

풍자는 예컨대 거울이 아니라 유리라는 것이다.[5] 유리라 하는 것은 내가 아니라 남을 보기 위한 장치이다. 유리창 앞에 서면 내가 아니라, 밖이, 남들이 보이지 않는가. 풍자는 유리와 같아서 내가 아니라 남을 보여주기 때문에, 더 정확하게는, 남을 보여준다고 생각들을 하기 때문에 사람들은 풍자를 거부감 없이 환영할 수 있다는 말이다. 그 안에 갖가지 비꼼과 조소와 경멸과 짜증과 분노와 공격이 들어있다 해도 나에 대한 조소와 공격이 아니라 남, 혹은 그놈, 혹은 그놈들에 대한 공격이라고 생각하기 때문에 즐겁게, 발 뻗고, 편안히 풍자를 읽을 수 있다는 의미이다.

풍자가 세상에 출판되어 나오면 어떤 놈이 혼이 쏙 빠지게 혼나고, 또 어떤 놈이 말로 실컷 두들겨 맞나, 아주 신나서 들여다보지만 그놈이 바로 자기 자신이라고 생각하는 사람은 없다는 것. 사실, '혼나고 있는 그놈이 바로 나다' 하는 생각이 들어 슬며시 부아가 치밀더라도 어찌 대놓고 화를 낼 수 있을 것인가. '나다' 하고 밝히는 순간 '이 풍자에서

---

5 스위프트는 이 대목에서 거울을 언급하지는 않는다. 유리를 거울과 비교하는 것은 저자의 시도이며, 이 시도에는 스위프트가 언급한 유리의 특성은 거울과 비교될 때 더욱 효과적으로 이해될 수 있다는 저자의 판단이 들어 있음을 밝힌다.

잔뜩 욕을 얻어먹고 있는 건 나다, 나는 욕을 먹어 싼 놈이다' 하고 자진 고백하는 꼴이 될 테니 말이다. 그야말로 똥 뀐 놈이 썽 낸다는 말이나 듣고, 제 얼굴에 침 뱉는 꼴 아니겠는가.

풍자는, 그러므로, 아주 신기한 대포알 같은 것이다.
아무리 퍼부어대도 아무도 화내지 않거나, 화내지 못하고, 모두가 행복하고 유쾌하고 즐거운 신기한 대포알 말이다.
그 위력과 공격력은 대단하지만, 맞더라도 맞은 줄 모르고 즐거워하거나, 아니면 안 맞은 척하면서 즐거운 척하거나 하는 희한한 대포알.

이렇게 훌륭하고 기특한 무기가 또 어디 있겠는가.
그 자를 바보 멍충이로 만들어도 그 자는 자신이 바보 멍충이가 된 줄도 모르고 남의 얘기려니 하면서, 풍자를 재미나게 읽으면서 '저런 바보 같은 놈'이라 중얼거리며 몹시 즐거운 한 때를 보낼 것이다.
우습고도 아주 아름다운 광경이다.

『걸리버 여행기』는 풍자 문학의 모범으로 칭송받는 작품이다.
아일랜드에서 태어나 트리니티 칼리지 더블린에서 교육을 받고, 아일랜드에서 사망한 스위프트는『걸리버 여행기』에서 영국을 더없이 신랄하게 공격한다.

> 나, 레뮤엘 걸리버가 사랑해 마지않는 나의 조국 영국은 국민들이 소비할 수 있는 식량의 세 배를 산출해 냅니다.... 그러나 수컷의 사치와 무절제, 그리고 암컷의 허영심을 만족시키기 위해 우리는 다른 나라

> 로 생필품을 보내고, 그 대신 질병, 어리석음, 악행을 부추기는 물건들을 들여오지요. 따라서 필연적으로, 우리 국민 대부분은 구걸, 도둑질, 사기, 매춘, 아첨, 위증 사주, 위증, 위조, 노름, 거짓말, 알랑거리기, 협박 등으로 생계를 꾸려 나갈 수밖에 없습니다.[6]

하지만, 위에 열거된 다양한 구린 활동들이 비단 영국이라는 나라에만 국한된 것은 아닐 터. 인간이 사는 곳이라면 어디든 함께 기생하는 악행들 아니겠는가. 스위프트는 『걸리버 여행기』에서 영국을 빌어 인간, 인간 사회, 인간 본성을 공격적으로 재고하고 있는 것이다.

『걸리버 여행기』의 1부, "릴리풋으로의 여행"은 인간 본성을 향한 묵직하고 강한 풍자의 서막을 올린다.

선상 의사인 주인공 레뮤엘 걸리버는 난파를 당하게 되고, 구사일생으로 살아남아 릴리풋에 도착한다. 피곤에 지쳐 단잠을 자고 일어난 걸리버는 꽁꽁 묶인 자신을 발견한다.

> 난 일어나 보려 했으나 몸을 움직일 수 없었다. 등을 바닥에 대고 누워 있었는데 팔다리가 죄다 땅에 세게 고정되어 있었다. 길고 숱도 많은 내 머리카락 역시 그런 식으로 꽁꽁 묶여 있었다. 가는 실 몇 줄이 겨드랑이에서 허벅지까지 가로질러 묶여 있는 것 같았다. 나는 하늘

---

6 이 장에 인용되는 『걸리버 여행기』의 모든 단어, 구절, 문장, 대목의 번역은 필자의 것임을 밝힌다.

만 쳐다볼 수 있었다. 태양은 자글자글 끓고 있었고 햇빛 때문에 눈이 몹시 아팠다.... 잠시 후 뭔가 살아있는 것이 내 왼쪽 다리에서 움직이는 게 느껴졌다. 그것은 가슴 쪽으로 살살 오더니 이윽고 턱까지 왔다. 눈을 아래로 뜨고 내려다보니 그곳엔 6인치 [약 15 센티미터] 정도 되는 사람의 형상이 있었다.

곧바로 이 6인치 사람들의 공격이 시작된다.

100개도 훨씬 넘을 것 같은 화살이 내 왼 손에 꽂히는 게 느껴졌다. 그러자 마치 수많은 바늘이 찌르는 것 같은 느낌이 왔다. 그리고 마치 유럽에서 포탄을 발사하는 식으로 화살이 공중을 향해 날아올랐다.... 이 화살 소나기가 끝났을 때 나는 슬픔과 고통으로 신음을 내질렀다. 내가 빠져나가려고 몸을 뒤틀자 그들은 이전보다 더 세게 날 공격했다. 그들 중 몇몇은 창으로 내 옆구리를 쿡쿡 찔렀다.

첫 장면부터 악몽이다.
늘어지게 자고 일어나 보니 악몽 속에 있는 것이다.
이 대목은 애니메이션이나 영화에서 반쯤 코믹하게 묘사되어서 그렇지, 사실 악몽도 이런 악몽이 없을 것이다.

자고 일어났더니 나를 닮은 사람은 하나도 없고, 생전 처음 보는 희한한 종족들에 둘러싸여 있다면? 그리고 그들 모두가 똘똘 뭉쳐서 악의를 품고 오로지 나 하나만을 집중적으로 공격하고 있다면? 15센티미터 키의 종족들이 해를 끼치면 얼마나 끼치겠냐고, 그들이 떼로 모여

덤빈다 한들 얼마나 아프겠냐고 혹시라도 생각하고 있는가. 그렇다면 다시 위 인용문을 보자.

스위프트는 걸리버가 "일어나 보려 했으나 몸을 움직일 수 없었다" 고 쓰고 있다.
다시 말해 이 소인 종족들은 마음만 먹으면 거구의 생명체를 꼼짝 못 하게 만들 수 있는 저력을 갖고 있는, 작지만 매섭고도 무서운 종족이다. 초장부터 걸리버는 고통의 화신으로 등장한다. 대낮의 직사광선에 그대로 노출된 채 옆으로 돌아눕지도 못하고 멀거니 자글자글 끓는 해를 똑바로 쳐다보고 있어야 하는 걸리버의 모습을 보며 우리는 '앞으로 이 사람의 인생이 참 쉽지 않겠다'는 예상을 하게 된다.

걸리버는 이 소인 종족들이 떼로 뭉쳐 자신에게 화살을 쏘아대고 창으로 옆구리를 찔러 댔을 때 "슬픔"을 느꼈다고 말한다. 나는 이 "슬픔"이라는 단어가 『걸리버 여행기』 전체를 통틀어 가장 중요한 단어들 중 하나라고 생각한다. 『걸리버 여행기』는 풍자와 조소와 희극적 요소로 가득한 작품이긴 하지만 그 풍자와 조소와 희극적 요소를 만들어 내는 원천은 "슬픔"이다. 걸리버가 느끼는 "슬픔", 다시 말해 걸리버가 부조리하고, 썩을 대로 썩은 사회 속에서 공격당하며 느끼는 "슬픔"이 『걸리버 여행기』를 낳은 주 정서이며, 그 썩은 사회 속에서 썩은 사람들과 부대끼며 그래도 살아 나가야 하는 걸리버에 대한 스위프트의 연민이 바로 이 작품을 낳은 원동력이라 생각한다.

그런데 사람들로부터 공격받으면서 느끼는 감정이 분노가 아니라 "슬픔"이라고 말하는 것을 보니 걸리버라는 인물은 참으로 모질지 못한 성품임을 알겠다. 하지만 좋게 말해서 모질지 못한 것이고 '이쯤 되면 이거 바보 아냐?'라는 반응도 나올 법하다. 그런 반응, 당연하다. 스위프트 역시 그렇게 생각했던 것 같으니까. 이 인물에게 걸리버라는 이름을 붙여 준 것을 보면 알 수 있다. 걸리버라는 이름은 영어의 '걸러블'(gullible)에서 나왔다고 생각되기도 하는데 '걸러블'이라는 단어가 '남의 말을 잘 믿는 / 잘 속아 넘어가는'이라는 뜻을 가지고 있다는 점을 생각해 본다면 스위프트는 걸리버를 딱하리만치 순진하고 세상 물정 모르는 인물로 여겼던 듯하다.

다만 걸리버에 대한 스위프트의 시선에는 예컨대 "어이구, 저 바보 천치 같은 놈, 왜 사냐, 왜 살어?" 같은 경멸이 아니라 연민이 가득하다. 무릇 작가는 경멸하는 마음만 갖고는 아무것도 쓸 수 없다. 다시 강조하지만, 스위프트는 걸리버에 대한 연민을 연료 삼아 『걸리버 여행기』를 구동시켜 나간다.

위의 인용문에서 드러나는 바, 소인 종족들은 현명하게도 자신들의 국토를 효과적으로 방어할 줄 안다. 그들은 어느 날 갑자기 괴물 혹은 거인의 모습을 한 자 - 이들은 걸리버를 '산 같은 인간'이라 부른다 - 가 영토에 침입하자 그 자가 조만간 끼칠지도 모르는 해악을 방지하기 위해 신속하게 그 자의 운신을 제한하여 국토 방어 태세에 들어갔기 때문이다.

소인 종족 입장에선 이 '산 같은 인간'이 얼마나 두렵고 위협적인 존재

였겠는가. 이 자가 손가락 하나라도 잘못 움직이면 건물이 우수수 날아가고, 주민들이 무더기로 압사당하고, 나라 전체가 온통 쑥대밭이 될 판인데. 그러니 이 '산 같은 인간'이 움직이지 못하도록 묶어 놓은 것은 소인 종족이 자신들의 안전을 담보하기 위해 선택한 최소한의 방어책인 것이다.

뿐만 아니라 이들은 전염병의 위험성도 완벽하게 인지하고 있으며 자신들의 국토가 전염병에 먹히지 않도록 사전에 세심한 주의를 기울인다. 걸리버가 소인 종족 왕국의 각종 비밀을 많이 알고 있는 정부 고위직 친구에게서 들은 바에 의하면 다음과 같다.

> 왕궁에서 볼 때 나는 골칫거리라 한다. 내가 쇠사슬을 풀고 도망갈까 봐 걱정을 하고 있고, 내가 너무 많이 먹어서 식비를 대느라 허리가 휘게 생겼고, 내가 다 먹어 치워서 기근이 닥칠 것을 걱정하기도 한다고. 그리하여 날 굶겨 죽일 생각까지, 아니면 독화살을 얼굴과 손에 쏴서 죽일 생각까지 했다고 한다. 그러나 이들은 이내 생각을 고쳐먹고 날 죽이지 않기로 했다고 한다. 왜냐하면 어마어마하게 거대한 내 시체가 악취를 내뿜으면 수도에 전염병이 돌 수도 있고 결국엔 전 국토가 전염병 천지가 될 것이라고 생각했기 때문에.

소인 종족들은 별 큰 힘 들이지 않고도 얼마든지 걸리버를 죽일 수 있었다.
밥을 안 주거나 미량의 독을 주입하면 되었으므로. 하지만 이 '산 같은 인간'을 죽이지 않은 이유가 끔찍할 정도로 실용적이다. 걸리버를 불쌍히 여겨서가 아니라 나라에 전염병이 퍼질 것이 두려워서라니. 이 정도라면 이들은 참으로 국토 방어 전문가들 아니겠는가.
제 나라 귀한 줄 알고, 제 국민 보호할 줄 알고, 침입자와 그 침입자에게서 유래하는 병균 무서운 줄 아는 진짜 애국자 말이다.

이렇듯 이 소인 종족들은 침입자가 들어오면 제 나라에서 도망을 치는 게 아니라 맞서 싸워 제 나라를 지키려 하는, 분명 건실한 민족이다.

그러나 서사가 전개될수록 이들에게 썩은 면도 함께 있다는 점이 드러난다.
나는 이 지점에서 스위프트의 독보적인 혜안을 목격한다. 좋은 점만, 혹은 나쁜 점만 가진 인간은 없음을 독자에게 주지시키고 있지 않은가. 한 인간에 대해 평가할 때, 우리는 문학 작품 속에서나, 문학 작품 밖에서나, 무 자르듯 속 시원히 결론을 내릴 수 없는 것이다.

소인 종족들은 그야말로 사소하기 짝이 없는 일로 정치적인 내부 분열을 겪고 있는 중이다. 달걀을 깰 때 넓은 면을 쳐서 깨느냐, 아니면 좁은 면을 쳐서 깨느냐의 문제를 놓고 두 패로 나뉘어서 콩이야 팥이야 티격태격해 오고 있는 중인데, 이 해 묵은 논쟁이 끝날 기미가 보이지 않는다는 것이 문제다. 뭔가 그럴싸해 보이고 건설적인 것처럼 보이는 일로 투닥거리면 그러려니 하겠지만 달걀을 이쪽으로 깨네 마네를 놓고 그리도 진중하게, 심각하게, 마치 다른 쪽으로 달걀을 깨면 세상이 두 쪽 나기라도 할 듯 열정적으로 싸울 수 있다는 것이 신기하고, 진기하며, 우스울 따름이다.

이런 사소한 논쟁거리로 내가 옳네, 네가 그르네 하면서 시간을 낭비하고 있는 동안 옆 나라 블레푸스쿠에선 이 나라를 침입하려고 호시탐탐 노리고 있다. 사실 밥만, 그것도 엄청나게, 축내는 걸리버를 살려주고 그의 족쇄를 풀어준 것은 걸리버를 이용해서 블레푸스쿠를 물리치겠다는 왕궁의 계획이 있었기 때문이었다. 걸리버를 족쇄에서 해방시켜 주고 그에게 자유를 줄 때 이 나라에서 내세운 여러 조건들 중 하나는 다음과 같았다.

> 이 자는 블레푸스쿠 섬에 있는 우리의 적에 맞서서 우리의 동맹이 되어야 하며, 현재 우리나라에 침입하려고 대기 중인 그들의 배를 부수기 위해 최선을 다해야 한다.

침입자(걸리버)를 끌어들여 또 다른 침입자(블레푸스쿠)를 막아보겠다는 이 계획이 과연 성공할 수 있을지는 아직 모르겠으나 이 소인 종족들은 일단 걸리버를 믿어보겠다는 심산이다. 다행인지 불행인지 모르겠으나, 걸리버는 '잘 속아 넘어가는' 순진한 인물이긴 하지만 신의를 중시하는지라 소인 종족들을 배신하지 않고 블레푸스쿠의 침공을 막아 릴리풋을 국가적 위험에서 구해준다. 걸리버는 위업을 달성하고 의기양양하게 귀환하면서, 신하다운, 순종적인, 자신을 확실하게 내리고, 소인 종족의 왕은 확실하게 올려주는 인사를 한다. "릴리풋의 최고로 강력한 황제 폐하 만세!"

이 장한 일로 인해 단번에 영웅이 된 걸리버는 즉석에서 이 나라 최고의 칭호를 받게 되는 영광을 누린다.

자, 그러나 이야기는 여기서 끝나지 않는다.
이제 소인 종족들의 썩은 면을 살펴볼 시간이다.

왕은 걸리버에게 최고의 칭호를 주고 나서 다음과 같은 제안을 하고 걸리버는 다음과 같은 반응을 내놓는다.

> 왕은 내가 항구로 적의 배를 몽땅 끌어 오기를 원했다. 왕이라는 사람들의 야심이란! 왕은 블레푸스쿠 왕국을 통째로 일개 주로 만들어 버리고 그곳에 총독을 세워 다스리고 싶어 했다.... 그리하여 온 세계를 다스리는 유일한 군주가 되고 싶어 했던 것이다. 그러나 난 정의니 정책이니 운운하면서 제발 그러지 마시라고 설득하느라 애를 썼다. 그리고 나는 용감하고 자유롭게 사는 사람들을 노예로 만드는 일에는 절대 참여하지 않겠다는 의지도 똑똑히 밝혔다. 이 건이 의회에서 논의되었을 때 가장 현명한 장관들은 나와 동일한 의견이었다.

요컨대 걸리버는 방어를 위한 노력에는 도움을 줄 수 있어도 그 선을 넘으면 용인할 수 없다는 입장이다. 그도 그럴 것이 걸리버의 도움으로 침입당할 위험을 넘기게 되자 소인 종족의 왕은 드글드글한 욕심을 품은 본색을 드러내기 때문이다. 걸리버는 자신의 힘과 능력이 왕의 값싼 욕심, 이참에 아예 옆 나라를 꿀꺽 통째로 먹어버리고 싶은 욕심, 그래서 더 넓은 땅을 손에 넣고 더 많은 사람들 위에 군림하고 싶은 욕심을 채워주기 위한 수단이 되는 것은 최고의 치욕이라고 생각하는 듯하다.

하지만 온 세계를, 전 지구를 다스리는 왕이 되고 싶다는 소인 종족 왕의 욕심은 누가 봐도 터무니없는 공상에 불과하다.

사실, 소인 종족 왕에게 세계란, 자기네 나라와 블레푸스쿠 뿐이다. 좁디좁은 시야를 가진 소인 종족 왕이 볼 때 블레푸스쿠만 점령하면 온 세계를 점령한 셈이 되겠지만, 어이구야, 온 세계라니. 온 세계라는 것이 그렇게 만만한 것이면 누가 세상 살기 힘들다고 하겠는가. 게다가 자신보다 엄청나게 거대한 걸리버를 앞에 두고 온 세계를 다스리는 왕이 되고 싶은 욕망을 드러내다니. 눈앞에 있는 이 '산 같은 인간' 하나도 어쩌지 못하면서 온 세계 정복 야욕을 드러내는 소인 종족 왕에게 걸리버는 어떤 야유나 조소도 보내지 않는다. 스위프트는 걸리버로 하여금 '되도 않는 소리 마쇼'하며 코웃음 치고 비웃게 하는 대신 그 일을 독자에게 맡긴다.

내가 좀 더 세지고 싶으니 쟤네들을 잡아 오라는 소인 종족 왕의 요구에 걸리버는 "용감하고 자유롭게 사는 사람들을 노예로 만드는 일"에 자신을 끌어들일 생각을 하지 말라고 못 박아 둔다. 유들유들하고 번지르르하게 말을 돌려서 못 하고, 마음속으로는 이 마음을 먹고, 겉으로는 딴 말을 하지 못할 만큼 솔직하고, 마음속에 품은 굳건한 신념과 철학에 따라 말하고 행동하는 이 인물, 걸리버.

이 인물을 어떻게 평가해야 할 것인가.
이런 사람이 사회에 반드시 필요하다고, 옳은 건 옳다, 아닌 건 아니다고 말할 수 있는 사람이 반드시 필요하다고, 이런 사람이야말로 좋은 사람이라고 말하고 싶은가.

그렇지만 말이다,
스위프트는 이런 '좋은 사람'이 결국 얼마나 처참하게 뭉개지고 짓밟히는지 보여준다.

이렇게 용기 있고 호기롭게, 아주 개운하고, 아주 시원하게 신념을 표현한 결과가 어떠한지는 잠시 후에 보기로 하고, 그전에 걸리버에게 사건 하나가 더 일어난다.

어느 날 밤,
왕비의 궁전에 불이 났고, 도움을 요청받고 즉시 현장에 달려간 걸리버.
도착해 보니 현장엔 아무리 둘러봐도 불을 끌 방도도, 도구도 없었다.
절박한 마음에 걸리버의 머릿속엔 한 가지 방법이 스치고 지나가는데.

그래!
소변을 누자!

걸리버는 그전에 마신 와인의 효과에 힘입어 최선을 다해, 성심껏, 진력을 다하여, 열띤 사명감을 품고 왕비의 궁전에 힘차게 소변을 누었다.

걸리버의 사명감 덕분에 불은 3분 만에 진화되었다.
그러나 이야기는 여기에서 끝나지 않는다.

감히 내 궁전에 소변을 누다니, 이건 나에 대한 모욕이도다, 이런 천박하기 짝이 없는 자가 있나, 나를 뭐로 보고! 이건 용서하면 바보가 되는 것이야 등등의 생각을 아마도 했는지

왕비는 걸리버에게 복수를 맹세한다.

물에 빠진 놈 건져 놓으니까 내 봇짐 내놓으라 한다는 우리 속담이 딱 맞는 상황이다. 한 밤중에 잠도 못 자고 달려가서 불을 꺼 줬더니만 고맙다는 말도 못 듣고, 생트집 부리는 광경을 보게 되다니. 살려 놨더니 모욕이니 천박이니가 매우 신경 쓰이는 이 인물. 몹시 특이한 인물임에 틀림없다. 이 특이한 왕비는 과연 어떤 복수를 계획하고 있을까.

복수의 정체는 이내 드러난다. 소변 사건 이후 왕궁에선 이른바 '신 같은 인간에 대한 탄핵 조항'이 만들어졌다. 걸리버의 죄목을 보자.

> 왕궁 내에서 소변을 보는 자는 누구라도 반역죄로 다스려진다. 그럼에도 불구하고 산 같은 인간은 이 법을 공공연히 무시하고 왕비님의 궁전에 난 불을 끈다는 핑계로 악의적이고, 반역적으로, 그리고 악마와도 같이 자신의 소변을 누어서 불을 껐다.... 또한 산 같은 인간은... 폐하로부터 블레푸스쿠의 배를 모조리 잡아 오라는 명을 받았다.... 이 자는 고귀하시고, 훌륭하시고, 높으신 폐하께 대적하는 못된 반역자답게, 죄 없는 사람들의 자유와 생명을 짓밟을 수는 없으니 그 일에서 자신을 제외시켜 달라고 탄원했다.

화재를 진압한 공로가 순식간에 “악의적”이고, “반역적”이고, “악마”나 저지를 범죄로 둔갑하였다. 도움을 준 자가 범죄자가 되어 버리는 실로, 악마의 둔갑술 아닌가. 이리하여 소변 사건은, 그 이전에 발생했던 명령 불복종 사건과 함께 걸리버를 반역자로 모는 계기가 된다.

자, 이제 걸리버는 반역죄를 뒤집어쓰게 되었으니 중벌을 피할 수 없겠다.

왕궁에선 이 ‘천인공노할’ 반역 죄인을 어떤 벌로 다스릴 것인지를 놓고 토론을 벌였다.
왕은 걸리버가 이 나라에 도움을 준 면도 있고 하니 죄를 좀 경감하자고 운을 뗐으나 대신들의 의견은 달랐다. 재무 장관과 제독은 밤에 걸리버의 집에 불을 질러 처절하리만치 고통스럽게 죽게 하자는 의견을 내놓았다. 아울러 군인들을 동원하여 걸리버의 얼굴과 손에 독화살을 쏴 대야 하며, 이 자의 하인들을 시켜 이 자의 셔츠와 이불에 몰래 독물을 뿌리게 하여 제 손으로 제 살을 쥐어뜯으며 최고로 고통스럽게 죽어 가도록 만들어야 한다는 의견도 냈다. 그러나 왕은 걸리버를 살려 주자는 입장을 고수했다.

왕이 살려주자는데 무슨 말이 더 필요? 만세, 걸리버는 살았다!
라고 하긴 아직 이르다.
이들의 토론을 좀 더 보자.

걸리버를 살려 주자는 왕은 평소 걸리버의 “진정한 친구”로 자처해 왔던 렐드레살에게 의견이 있으면 말해 보라고 했다. 렐드레살은 걸리버의 "진정한 친구"답게 다음과 같이 말했다. 다음은 내가『걸리버 여행기』원문의 내용은 그대로 유지하되 조금 재미있게 재창조해본 렐드레살의 발언이다.

걸리버의 죄는 무겁긴 하나 왕이시여, 자비를 베푸시어 걸리버를 어여삐 여기시고, 혹여 제가 그 자의 친구라서 그 자의 편을 너무 드는 게 아니냐는 욕을 먹을 수도 있겠으나, 여기 계신 분들, 제 청을 들어주시겠나이까. 그 자의 친구 된 자로서 간곡히 청하오니, 그 자를 가엾게 여기시어 목숨을 살려 주시고, 다만 그 자의 두 눈을 뽑으시길 청하나이다. 이 자에게 이 정도 벌을 내리신다면 이 나라의 정의도 바로 세우고, 황제 폐하의 너그러움도 만방에 알리는, 일석이조의 효과를 보시지 않겠습니까. 두 눈을 잃어도 육체의 힘은 그대로일 테니 폐하는 계속 그 자를 이용해 먹으실 수 있으실 것이며, 게다가 눈이 없어 앞을 못 보면 없던 용기도 생겨날 것이니 그 자의 눈을 뽑는 일이야말로 기막힌 묘수 아니겠습니까. 눈이 없으면 그 자가 대체 세상을 어떻게 볼 것인지 궁금해하시겠습니다마는, 그런 쓰잘데 없는 걱정은 안 하셔도 되겠습니다. 장관들은 뒀다 뭐에 씁니까. 눈이 없으면 장관들의 눈으로 보면 되지요. 그 자더러 자기 눈이 아니라 장관들의 눈으로 대신 보게 하세요. 세상의 날고 기는 황제들도 다 그러고 살지 않습니까.

보시다시피 렐드레살은 정작 하는 짓은 전혀 선하지 않으나, 자신을 세상에서 가장 선한 인간으로 기가 막히게 포장할 수 있는 언변을 지닌, 처세에 능한 유들유들한 혀를 가진 비겁한 인간이다. 잔인한 짓을 저지르면서도 잔인한 인간으로 보이지 않게끔 자신을 포장하고, 욕먹을 짓을 저지르면서도 자신을 고매한 인간으로 보이게끔 말하는 기술을 지닌 인간의 전형을 보여주는 렐드레살. 렐드레살의 의견에 다른 대신들이 벌떼같이 들고일어났다.

감히 왕비 마마의 궁전에 소변을 뿌려댄 인간을 사형시키지 않고 눈 정도만 뽑다니, 그런 가볍디가벼운 형벌은 있을 수 없다는 것이었다.
게다가 예를 들어,
닭의 눈을 뽑으면 무슨 일이 일어나는지 아느냐,
눈이 뽑힌 닭들은 모이를 더 빨리 먹어 치우기 때문에 더 빨리 살이 오르는 것을 모르느냐,
안 그래도 그 자가 먹어 치우는 식량이 어마어마해서 나라 곳간이 바닥나게 생겼는데,
이 자의 눈을 뽑는다 해서 무슨 좋은 일이 있겠느냐는 주장도 나왔다.
이에 항상 "자기 눈이 아니라 장관들의 눈으로" 보는, 자비로운, 혹은 자비로워 보이고 싶어 하는, 왕이 말하길,

대신들이 벌이 너무 가볍다 하니 뭐 또 다른 의견 없소? 난 그 자를 사형시키고 싶진 않은데?

이 제안에 다시 한번 입을 떼는, 걸리버의 "진정한 친구", 렐드레살.
렐드레살은 이렇게 말했다.

[나라 곳간이 걱정된다는 말씀을 하셨는데 이렇게 하면 어떻겠습니까.] 그 자에게 음식을 충분히 주지 않으면 그 자는 점점 쇠약해지고, 식욕도 잃고, 몇 달 못 가서 썩어 없어질 것입니다. 못 먹어서 몸이 반 이상으로 줄어들게 되면 죽더라도 시체에서 그렇게 위험한 악취는 나지 않을 것입니다. 이 자가 죽는 즉시 5-6천 명 정도 사람들을 동원하여 2-3일 내에 뼈에서 살을 떼어 내어 수레에 싣고 저 먼 곳에 갖다 버리면 전염병이 도는 것을 막을 수 있을 것입니다. 이 자의 뼈는 후대가 보고 폐하의 업적을 기릴 수 있도록 전시하심이 옳은 줄로 아뢰오.

이리하여 걸리버는 눈을 뽑히고, 서서히 굶어 죽는 형벌에 처해지게 되었다.
다만 굶어 죽는 형벌에 대해서는 걸리버에게 말해주지 않을 것이었다.
이로써 3일 후에 걸리버에게 일어날 일은 다음과 같았다.

첫째, 렐드레살이 몸소 걸리버의 처소에 방문하여 탄핵문을 낭독하고,
둘째, 왕과 궁정의 너그러움과 은혜에 대해 읊을 것이며,
셋째, 목숨은 살려주고(거짓말!), 눈알 뽑히는 것으로만 끝날 것이니(거짓말!) 황제 폐하의 자비와 은혜가 얼마나 큰지에 대해서도 읊을 것이며,
넷째, 따라서 폐하께서는 그대가 기꺼이 감사하는 마음으로 눈알 뽑히는 형벌을 받을 것임을 믿어 의심치 않고 있다는 말도 해 줄 것이며,
다섯째, 렐드레살은 궁정 의사 20명을 대동하고 나타날 것인데, 이들은 걸리버의 눈알을 뽑는 수술, 그러니까 걸리버를 바닥에 눕혀 놓고

걸리버의 두 눈알에 어마어마하게 날카로운 화살을 쏴서 눈을 뽑는 수술을 차질 없이 진행시킬 예정.

이 어리석은 걸리버는,
이 지경이 되어서야, 자신의 생명이 위태롭게 되어서야,
소인 종족들을 바라보는 자신의 시선이 얼마나 순진했는지를 깨닫게 된다.

걸리버는 뒤늦게 후회한다.

> 불과 얼마 전 내가 자유의 몸이었을 때엔 이 소인 종족들이 힘을 다 합쳐도 나 하나를 제압할 수 없었지. 그땐 돌멩이 몇 개를 던져서 이 자들의 수도를 박살 낼 수도 있었어. 하지만 난 그 계획이 너무도 끔찍하게 생각돼서 그러지 않기로 했었지. 내가 왕에게 했던 맹세도 있고, 왕이 내게 호의도 베풀어 주고, 나한테 높은 칭호도 줬던 걸 생각하면 차마 그럴 수가 없었어.

걸리버는 인간으로서 지켜야 할 신의와 예의와 염치를 지켰다.
왕에게 충성을 다 하기로 맹세했으니 그대로 지켰고, 왕이 자신에게 베풀어 준 은혜도 잊지 않았다. 걸리버는 힘으로 충분히 소인 종족들을 누를 수 있었지만, 인간성을 잃지 않기 위해 신의와 예의와 염치를 지켰다. 그에게는 자신의 안전보다 신의와 예의가, 자신의 생명보다 소인 종족들의 생명이 더 중요했던 것이다. 걸리버가 이처럼 소인 종족들에게 인간 된 도리를 지킨 이유는 소인 종족들도 자기 마음 같으

리라고 생각했기 때문이었다.

그러나 스위프트가 이렇듯 선하고 이타적인 걸리버에게 왜 걸리버라는 이름을 붙여줬겠는지 생각해 보자.
앞서 말했듯 스위프트가 그에게 걸리버라는 이름을 붙인 것은 그가 남을 잘 믿고, 남의 말에 잘 속아 넘어가는, 바보 같으리만큼 순진한 인물이기 때문이다.

스위프트가 말하고 싶은 것은 이것이다.
신의와 예의와 염치는, 똑같이 신의와 예의와 염치를 지키는 사람들에게만 지켜야 한다는 것.
신의니, 예의니, 염치니, 인간성이니는 안중에도 없는 자들에게 호의를 베풀고, 불을 꺼 주고 해 봐야, 그들은 그 호의의 가치도 모르고 오히려 호의를 베푼 사람을 공격할 궁리나 한다는 것이다.
결국 걸리버는 자신이 뿌린 대로 거둔 셈이다. 자신의 안전과 생명을 뒷전에 팽개치고, 이 정글 같은 소인 종족의 세계에서 소위 선하고 이타적인 인간이 되려고 노력했으니, 스스로 원한대로 자신의 안전과 생명은 철저히 유린되어 이제 눈알이 뽑히고 굶어 죽게 생길 일만 남았다.

스위프트는 이러한 걸리버를 풍자의 시선으로 보고 있기는 하지만, 그렇다고 해서 '이런 바보 같은 놈'이라고 비난하지는 않는다. 앞서 말했듯 걸리버에 대한 스위프트의 시선은 연민으로 가득 차 있다. 인간성, 신의, 예의, 염치, 이타적인 마음은 여전히 소중한 가치이며, 이 가치들을 끝까지 지킨 걸리버가 잘못된 게 아니라, 그러한 소중한 가치들을 쓸모없게 만들어버린 소인 종족들이 잘못된 것이다. 소인 종족들은 걸리버의 선한 마음을 이용해 먹은 자들이기 때문이다. 인간성을 지켜내기 위해 고군분투한 사람을 바보로 만들어 버리고, 잘 믿고 잘 속아 넘어가는 '걸러블'하고 모자란 사람으로 만들어 버리는 세상이 문제라는 것이 스위프트의 요지이다.

앞서 잠깐 언급한 바 있지만,
소인 종족들을 바라보는 걸리버의 시선은 그야말로 딱하고 무지하고 순진하다.
그 순진함 때문에 걸리버는 스스로를 파멸의 길로 이끌었다.
저렇게 조그만 사람들이 내게 무슨 해를 끼치겠어라는 안일함이 화를 부른 것. 그 안일함으로 인해 배려와 관용을 베푸는 여유를 부리다가 이젠 제 눈알이 몽땅 뽑힐 판이다. 걸리버는 이들을 몰라도 너무 모르고 있었다. 이들은 미량으로도 사람을 죽일 수 있는 독을 갖고 있고, 어떻게 하면 사람을 최고로 고통스럽게 죽일 수 있는지도 알고 있을 정도로(걸리버의 집에 불 질러 죽이기 / 셔츠와 이불에 독물을 발라 제 살 뜯으며 죽게 하기) 잔인하다.

이렇듯 잔인하고 공격적인 자들을 넓은 마음으로 품기 위해 스스로의 안전을 포기한 결과, 걸리버는 눈과 생명을 모두 잃을 위기에 놓여 있다.

소인 종족의 나라는 배신과 뒤통수치기가 무시로 일어나는 세계이다. 따라서 걸리버에게서 두 눈과 생명을 뺏어버리자는 제안이 걸리버의

“진정한 친구”로 자처한 인물의 입에서 나온 것은 전혀 놀라운 일이 아니다.

“진정한 친구”에게서 호되게 뒤통수를 맞고, 불을 꺼 주고는 죽게 생기고.
이것이『걸리버 여행기』1부, “릴리풋으로의 여행”의 한 줄 요약이다.

그래서,
걸리버가 두 눈과 목숨을 잃었느냐고?
답은『걸리버 여행기』에.

13

그 해 4월은 따뜻하... 지 않았네.

나는 박사 논문을 쓰는 동안 더블린 서쪽 지역에서 살았다. 근처에 조그만 공원과 말 목장이 있는 조용한 곳이었다. 목장 근처에 둔덕이 하나 있었는데 어쩌다 해가 나면 - 아일랜드에서는 웬만하면 해를 보고 싶다는 기대 같은 것은 품지 않는 것이 좋다 - 얼룩덜룩한 망아지 한 마리가 둔덕 위에서 머리를 숙이고 풀을 뜯곤 했다. 운 좋게 해가 난 8월의 일요일 오전, 나는 하루 쉬면서 뒷마당을 정리하기로 했다. 논문 쓰느라 통 신경을 못 쓰고 있던 터라 뒷마당은 엉망진창이 된 지 오래였다. 내 앉은키보다 더 높이 자란, 나무 둥치마냥 우악스런 줄기를 가진 민들레 무더기를 뽑아내느라 있는 힘을 다 쓴 후, 간단히 점심을 먹었다. 거실에 앉아 창문으로 모처럼 맑은 하늘을 보고 있자니 좀 걷고 싶어졌다.

집에서 약 25분 정도 걸으면 나오는 곳이 있다. 오래전, 1916년, 조용함이나 평온이라는 것이 존재하지 못했던 곳. 바로 킬메이넘 교도소이다. 이곳은 지금은 일 년 내내 관광객들로 붐비고, 영화 - "아버지의 이름으로", "패딩턴 2"등 - 도 촬영된 관광 명소가 되었지만 사실 매우 아픈 역사를 가진 장소다. 왁자지껄한 관광객의 무리가 교도소를 구경하기 위해 줄 서서 기다리고 있다. 하지만 그들 중 아무도 길 건너 이쪽으로 오지 않는다. 아무도 이 쪽, 여기 교도소 밖, 인도 한편에 있는 슬픈 조각상에는 눈길을 주지 않는다. "선언"이라는 제목의 이 조각상은 앞서 소개된 로완 길레스피의 작품이다.

말라비틀어진, 갈색의 길쭉한 나뭇잎 같은 열네 개의 형상이 둥글게 서 있다. 자세히 보니 나뭇잎이 아니라 사람의 형상이다. 하지만 사람처럼 보이지 않는다. 얼굴도, 팔도, 다리도 없기 때문이다. 다만 몸통처럼 보이는 곳에는 여기저기 총알이 관통한 것 같은 몇 개의 구멍이나 있고, 두 눈이 있을 것 같은 자리는 검은 천으로 가린 것처럼 표현되어 있다. 각 형상들의 아랫부분에는 '판결'이 쓰여 있다. '판결: 유죄. 사형'. '판결: 유죄. 총살형' 등. 둥글게 늘어선 열네 개의 형상들 한가운데에는 "아일랜드 공화국 선언문"이 금속판에 새겨져 있다. 선언문을 읽어본다. 눈을 들어 사람인 듯 사람 아닌 형상들을 다시 바라본다.

총살당한 사람들. 눈이 가려진 채 마지막 순간을 기다렸겠지. 아무것도 보이지 않는 암흑 속에서, 그리고 암흑이 증폭시키는, 심장 터지게 하는 공포 속에서, 자신의 존재를 자신을 죽이려는 자의 처분에 맡긴 채 죽음을 기다리다가 결국 죽어간 사람들. 눈과 귀와 입과 팔과 다리가 상징하는 표현과 지각과 활동의 자유를 모조리 뺏긴 사람들. 그리하여 결국 말라비틀어진 나뭇잎이 되어버린 사람들.

누가 이들의 얼굴과 팔다리를 밀어버리고 잘라버리고 난도질한 후,

원한을 내뿜는 눈마저 가리고, 이들의 몸을 향해 수차례 총을 쏘았을까. '유죄'라니. 얼마나 큰 죄를 지었기에 이들은 사람 아닌 취급을 당하며 스러져야 했던 걸까. 이들이 죽어서도, 총상 입은 유령이 되어서도 마치 비호하듯, 아끼듯 빙 둘러싸고 있는 "아일랜드 공화국 선언문"은 대체 무엇인가.

1916년 부활절 주.
후에 역사가들이 부활절 봉기라 명명한 사건이 일어났다. 4월 24일 월요일, 무장한 아일랜드 공화주의자들은 영국에 의한 지배를 종식시키고 독립된 아일랜드 공화국을 세우기 위해 들고일어났다. 마침 영국은 1차 대전에 열을 올리고 있었을 때라 시기가 나쁘지 않았다. 아일랜드 공화주의자 동맹, 아일랜드 의용군, 아일랜드 시민군은 연합 작전을 펴서 수도 더블린의 주요부를 점령하고 재빨리 공화국을 선포했다. 길레스피의 형상들이 둘러싸고 있는 "아일랜드 공화국 선언문"은 바로 이 날 읽힌 문서다. '아일랜드 공화국 임시정부가 아일랜드인들에게 고함'이라는 제목으로 시작되는 이 선언문의 일부를 보면.

> 우리는 아일랜드가 아일랜드인의 것임을, 아일랜드의 운명은 아일랜드인이 결정하며, 우리의 주권은 어떤 상황에서도 파기될 수 없음을 선언한다. 외세는 우리의 주권을 오랜 세월 동안 자기들 손에 쥐고 있었으나 완전히 소멸시키지는 못했다. 우리의 주권은 우리가 지구상에서 사라지지 않는 한 결코 소멸되지 못할 것이다. 우리 선조들은 자유와 자주독립을 외쳐왔다. 지난 삼백 년 간 여섯 차례 우리 선조들은 외세에 맞서 무장 봉기했던 것이다. 오늘 우리는 우리의 주권은 우리

에게 있음을 만천하에 다시 한번 알리며 아일랜드 공화국을 독립 국가로 선포하는 바이다. [저자의 번역]

영국은 곧바로 군을 투입했다. 이에 더블린뿐만 아니라 웩스포드, 코크, 미스, 골웨이, 루스에서도 공화국 군과 영국군 사이에 치열한 교전이 일어났다. 결과는 영국의 승리. 엄청난 수의 병력과 강력한 무기로 밀어붙이는 영국군을 당해내는 건 역부족이었던 것. 29일 토요일, 공화국 군 지도부 인물 중 하나인 파트릭 피어스(Patrick Pearse)의 무조건 항복으로 봉기는 막을 내렸다. 하지만 영국의 보복은 지금부터 시작이었다. 계엄령이 선포되었고, 3500명의 아일랜드인이 교도소로 끌려갔다. 4월 29일에 봉기가 진압되고 난 후 불과 10여 일 사이에 피어스를 비롯한 봉기의 수장 열네 명이 군법 재판을 거쳐 사형당했다. 하지만 말이 재판이지 비공개로 열린 데다 피고 측 변호인도 없는 요상한 재판이었다. 후에 이 재판은 위법이라는 판결이 나왔으나 이미 사형당할 것 다 당하고 난 마당에 나온 판결이 무슨 소용인가. 이들은 하나같이 모두 새벽녘 동이 틀 무렵에 총살당했다. 자신의 나라를 목숨 걸고 사랑한 죄로, 만물이 살아나는 시간에 사라져 가야 했던 사람들. 이들이 그날 새벽녘, 눈이 가려지기 전에 형장에서 봤던 하늘과 빛과 어둠은 어떤 모습을 하고 있었을까. 그들은 총알이 자신들을 향해 날아오는 그 짧은 순간에 무슨 생각을 했을까. 이들 중 제임스 코놀리(James Connolly)는 이미 발목이 산산 조각나 있던 상태여서 제대로 서 있을 수 없었고 그리하여 의자에 묶여 앉혀진 채로 총살당했다. 안에서 밖을, 밖에서 안을 볼 수 없도록 높고도 높은 벽으로 막힌 교도소 마당에서 코놀리와 그의 동료들은 죽어갔고, 그 현장은 현재까지도 잘 보존되어 있다.

이 열네 명의 애국자들은 이제는 열네 개의 조각상이 되어 서 있다. 봉기하던 날의 열정과 끓는 피와 두려움과 기대와 희망, 그리고 사형당하던 그 순간의 분노와 공포와 의연함과 체념, 그 모든 것을 뒤로하고 침묵한 채 서 있다.
결국 그들은 그렇게도 염원했던 목표를 이루지 못했다. 나아진 것은 없었다. 그들의 조국 아일랜드는 여전히 영국의 것이었고, 민간인 포함 약 485명의 아일랜드인이 목숨을 잃었다. 아일랜드는 1949년이 되어서야 공화국이 되어 영연방에서 나오게 되었다. 마침내 공화국이 되었으니 다행스러운 일이긴 하지만, 1916년이 1949년으로 되는 동안 아일랜드가 보내야 했던 지루한 시간들, 시간들, 시간들, 시간들은 어쩔 것인가.

기다림, 인내는 빼앗긴 자들의 몫이다.
슬프지만 사실이다.

아일랜드는 빼앗김, 기다림이 무엇인지 아는 나라다. 아일랜드는 빼앗겨 보지 않은 사람은 기다림에 대해, 인내에 대해 감히, 제발 감히 논하지 말라고 부드럽게, 그러나 준엄하게 타이른다. 아일랜드의 하늘, 아일랜드의 공기, 아일랜드의 건물, 아일랜드의 거리, 아일랜드의 나무와 꽃, 아일랜드의 비와 바람, 아일랜드인들의 얼굴에 새겨진 표정, 아니 우리가 아일랜드 땅에 발을 디디는 순간 우리의 눈이 마주치게 되는 모든 것들은 우리에게 이렇게 말한다. '고통', '인내', '용서', '상처', '타인'이라는 단어를 함부로 쓰지 말라고. 그 단어를 써야 한다면 아주 신중하게 쓰라고. 스스로 고통받거나 상처받은 적이 없으므로 따라서 고통이 뭔지, 상처가 뭔지도 모르면서, 그저 고통받는 사람, 상처 입은 타인을 보듬는, 마음 넓은 사람으로 보이고 싶어서 지극히 이기적인 목적으로 그 단어들을 '이용'하고자 한다면, 제발 좀, 부디 좀 멈추라고. 고통받은 사람, 상처 입은 사람은 자신들의 고통과 상처를 그 누구에게도 돈 몇 푼 받고 판 적이 없다고. 나의 고통은 네가 돈 몇 푼주고 살 수 있는 것이 아니라고.

이름만으로도 가슴을 뛰게 만드는 시인, 예이츠는 조국의 아픈 역사를 아름다운 시어로 어루만졌다. 부활절 봉기가 끝난 뒤 얼마 안 된 시기에 쓰인 작품인 "1916년, 부활절(Easter, 1916)"에는 다음과 같은 표현이 나온다.

> 너무도 긴 희생은
> 마음을 돌로 만들 수도 있다. [저자의 번역]

"희생"을 기다림, 인내, 혹은 고통으로 바꾸어 읽어도 좋다. 기다림, 인내, "희생", 고통은 모두 같은 단어이므로. 인내하다 못해 결국 돌이 된 사람들. 언젠간 좋은 날이 올 거라는 희망을 손마디가 부르트도록 부여잡고, 마음속 깊은 곳으로부터 불쑥불쑥 올라오는 분노와 절망감과 회한에 무뎌지는 연습을 하다 보니 결국 불행히도 존재 전체가 무뎌져버려 돌이 되어 버린 가여운 사람들. 위 시는 1916년의 봉기에 참여한 사람들, 혹은 이 봉기가 처참히 실패하는 것을 그저 바라만 보아야 했던 그 당시 아일랜드인들에게 바치는 시다. 희망이 지나가는 것을 그저 바라만 보고, 다시 기약 없이 기다리고, 다시 주권을 박탈당한 채로 사는 것 말고는 방법이 없었던 당시의 아일랜드인들에게, 예이츠는 '우리는 서로의 고통을 알고 있다고, 그러니 너무 외로워 말라'고 속삭이고 있는 것이다. 그러면서 동시에 '우리의 희생이 너무 오래 지속되어 우리가 돌이 되지 않기'를 간절히 바라고 있는 것.

너무 오래 기다리고, 너무 오래 고통받은 나머지, 아무것도 느끼지 못하는 돌이 되지 않기를.
돌이 되어 버리기 전에 기다림과 고통이 부디 끝나기를.
사랑하는 조국 아일랜드가 너무 오래 고통받지 않기를.

"너무도 긴 희생"을 이미 치렀기에 "너무도 긴 희생"을 치르고 있는 사람들을 감히 위로할 수 있는 곳, 아일랜드.

총알구멍을 품고 있는 열네 개의 형상은 지금 이 순간에도 각자의 자리에서 각자의 짐을 지고 끝이 보이지 않는 "너무도 긴 희생"을 치르고 있는 모든 사람들에게 말을 걸어준다.
당신의 기다림과 고통의 시간이 너무 오래 계속되지 않았으면 좋겠다고.
당신의 마음이 기다림에 지쳐 돌이 되지 않았으면 좋겠다고.

14

목숨과 바꾼 사랑을 먹고 자란 땅, 아일랜드

더블린 도심에서 약간 벗어나면 실로 엄청난 규모의 기네스 맥주 공장이 있다. 저녁 여섯 시쯤 공장 근처를 지나가게 되면 가끔 보리 볶아지는 냄새를 맡을 수 있는데 그야말로 사람 잡는 냄새다. 냄새만 맡아도 배부른, 그 천상의 구수한 냄새는 묘하게도 향수를 자극했는데, 나는 그 보리 볶는 냄새를 맡으면서 김이 펄펄 나는 구수한 보리차를 떠올렸던 것이다.

기네스 맥주 공장과 그리 멀지 않은 곳에 아일랜드 국립 박물관이 있다. 바로 이곳에 아일랜드를 극도로 사랑했던, 영국 태생의 비운의 애국자이자 스파이 소설 『사막의 수수께끼(*The Riddle of the Sands*)』의 저자인 어스킨 차일더스(Erskine Childers)가 남긴 커다란 요트 한 척이 전시되어 있다. 요트의 이름은 '아스가드'. 차일더스가 그렇게도 사랑했던 아일랜드 땅에서 나고 자란 아일랜드인들이 아스가드를 마냥 신기한 듯 바라보고 있다. 아일랜드인인 박사 동기 친구는 차일더스를 가리켜 이렇게 말했다. 아일랜드인들이 '존경'하는, '흥미로운' 인물이라고.

'홍미로운' 인물.
왜 이 친구는 차일더스를 '홍미로운' 인물이라고 평했던 걸까. '홍미로운'이라는 홍미로운 단어가 지닌 의미는 뭘까.

아스가드는 단순한 요트가 아니었다.
1914년 6월, 차일더스는 장인으로부터 결혼 선물로 받은 아스가드에 모델 1871 마우저 소총 900자루와 2만 9천 개의 실탄을 실어 아일랜드로 밀반입했다. 그는 이렇게 몰래 구해 온 총과 실탄을 아일랜드 의용군에게 고스란히 나눠 줬다. 아일랜드 의용군의 목표는 아일랜드가 영국의 간섭에서 벗어나 온전한 '자치'를 누리는 것이었다.

차일더스가 원래부터 아일랜드에 깊은 애정이 있었던 건 아니었다.
런던 태생의 차일더스는, 비록 어린 나이에 부모를 잃는 상처를 입긴 했지만, 경제적으로 그리 쪼들리지 않는 환경에서 자랐고 이후 캠브리지 대학에 입학했다. 캠브리지 재학 시절, 차일더스는 누구보다도 아일랜드의 '자치'를 맹렬히 반대했었다. 이랬던 그가 위험을 무릅쓰고 '모든 아일랜드인들이 마땅히 누려야 할 권리와 자유를 수호하고 유지하는 것'을 목표로 삼은 아일랜드 의용군 편에 서게 됐던 것이다.

이러한 인식의 대전환은 특정한 하나의 사건이나 계기로 인해 일어났다기보다는 서서히 진행되었다는 것이 차일더스 전기 작가들의 거의 공통된 견해이다. 다만 차일더스는 전쟁을 충분히 피할 수 있는데도 굳이 이 나라, 저 나라와 전쟁을 강행하는 영국의 모습을 보면서 정서적으로 영국으로부터 멀어졌고, 극심한 가난과 배고픔에 허덕이는 아일랜드 남부와 서부의 현실을 목도하면서 아일랜드에 절실히 필요한 건 독립된 정부와 '자치'라는 신념을 굳혔던 것 같다. 한 번 마음이 돌아서면, 한 번 신념을 굳히면, 이후엔 목석이 되는 사람들이 있다. 누가 뭐라 하든, 누가 유혹하든, 누가 욕을 하든 흔들리지 않고 자신의 신념을 길잡이 별로 삼아, 가야 할 길을 뚜벅뚜벅 가는 사람들이 있다. 차일더스는 그런 사람이었다. 차일더스에게 아일랜드는 신념이었고, 길잡이 별이었으며, 자기 자신이었다.

그러나 차일더스가 품었던 신념의 종착지는
사형이었다.

누군가의 신념이 순수하면 순수할수록 그 사람이 살아남을 수 있는 확률은 그에 비례하여 줄어든다. 사람들은 순수한 신념이라는 것 - 순도 100 퍼센트의 신념, 불순하고 이기적인 요소가 0퍼센트도 끼어들어 있지 않은 지극히 이상적인 신념을 말한다 - 을 현실에서는 결코 자주 볼 수 없기 때문에 어쩌다가 순수한 신념을 마주하게 되면 불편해한다. 당연히 불편할 수밖에. 그런 사람을 만나면, 솔직하게 말해, 위협을 느끼게 될 테니. 설령 그 신념이 나라 전체, 나아가 인류 전체에 긍정적인 영향을 끼칠 수 있다 하더라도, 그건 별로 중요한 게 아닐 것이다. 그 신념을 살려두면 여러 사람을 이롭게 할 수 있다 하더라도 정작 '나' 한 사람이 불편하고, 위협받는다고 느끼면 그 신념을 살려두지 않기로 결정하는 것이 바로 인간의 이기심 아닌가. 불편한 것을 대면했을 때 인간이 자주 취하는 태도는 크게 두 가지다. 첫째, 그 신념을 가진 사람을 실성한 자로 명명하고 신경 꺼 버리기. 둘째, 하지만 그냥 실성한 자로 간주하고 넘기기에 그 자가 '사회' - '사회'라고 말하곤 하지만 사실은 '나' 다. 그렇지 않은가? - 에 끼치는 위협이 상당하다고 느껴지는 경우엔 그 자를 죽이기, 사형하기, 처형하기, 제거하기, 없애 버리기, 밟아 버리기, 뭉개 버리기. 이 세상에 존재하지 않는 순도 100퍼센트짜리 신념을 이 세상에서 간직하는 것이 위험한 이유다.

1921년 12월 6일, 런던 소재, 영국 총리 관저에서 영국 정부와 아일랜드 공화국 대표들 간에 조약 서명식이 있었다. 이른바 '영국-아일랜드 조약'은 많은 조항들을 포함하고 있었는데 그중 가장 문제가 되었던 것은 일명 '아일랜드 충성 선서'라 불리는 조항이었다. 즉, '영국-아일랜드 조약'의 결과로 '아일랜드 자유국'이 수립될 것이며 이에 '아일랜드 자유국'의 국회의원들은 아일랜드 자유국에 충성 선서를 해야 함과 동시에 당시 영국의 왕 조지 5세와 그의 법적 왕위 계승자들에게도 충성 서약을 해야 한다는 것.

차일더스는 이 조항, 아일랜드의 정치 지도자들이 영국의 왕에게 충성 서약을 해야 한다는 이 조항에 맹렬히 반대했다. 독립된 의회를 가진 '자유국'인데도 다른 나라의 왕에게 충성을 맹세해야 한다면 그건 '자유국'이 아니지 않은가. 차일더스는 한 나라가 자유국이라 이름 붙여졌다면 그 나라는 이름에 맞게 온전히 자유국다워야 한다는, 즉 자유국은 자유국이어야 한다는, 지극히 상식적이고, 지극히 단순하며, 따라서 지극히 논리적인 신념에 입각하여 그 조항에, 나아가서는 그 조약에 반대했을 뿐이었다. 조약의 서명에 참여했던 아서 그리피스(Arthur Griffth)나 마이클 콜린스(Michael Collins) - 이들은 둘 다 아일랜드인이었다 - 등이 조약에 찬성하는 마당에 영국 태생의 인물이 아일랜드인들은 영국의 군주에게 충성을 맹세할 필요가 없다고 들고 나선 것이다. 물론 차일더스만 충성 서약 조항에 반대했던 것은 아니었다. 진정한 자유국 건설을 열망하는 많은 아일랜드인들이 충성 맹세에 반기를 들었고 이로써 아일랜드는 조약에 반대하는 파와 찬성하는 파로 쪼개지게 되었다. 이리하여 결국 아일랜드는 '내전'을 치르는 아픔을 겪게 된다. '내전'을 거치면서 우여곡절 끝에 1922년, 마침내 '아일랜드 자유국'이 수립되었다.

그런데 참으로 이상한 일이 일어났다.
'내전'의 후반기에 차일더스는 자신과 뜻을 함께 했던 조약 반대파로부터 "저 빌어먹을 영국 놈" 소리를 들어가며 배척당하게 됐다. 전기 작가들은 차일더스의 소용이 다했다고 생각한 조약 반대파 인사들이 서서히 그에게서 거리를 둔 결과 나타난 현상이라고 기술하고 있다. 아일랜드를 사랑했지만, 더 정확히 말하면, 아일랜드를 사랑했기 때문에 아일랜드로부터 공격을 받은 이해 불가의 이상한 상황이었다.

자신과 한때 뜻을 같이 하던 아일랜드 사람들로부터 배척당한 차일더스는, 당연한 말이지만, 영국으로부터도 배척당했다. 훗날 영국의 총리가 된 윈스턴 처칠(Winston Churchill)은 차일더스를 가리켜 이렇게 혹평했다.

> 이 괴상한 인물만큼 아일랜드인들에게 악의를 품고 해를 가하고 그들을 저주의 구렁텅이로 빠뜨린 자는 일찍이 아무도 없었습니다. 이 자

는 자신이 태어난 나라마저도 지독하게 증오했던 인간이었지요. [저자의 번역]

도대체 차일더스가 아일랜드인들에게 무슨 악의를 품고 무슨 해를 가했다는 말인가. 하지만 차일더스가 자신의 동시대인들로부터 험악한 말만 들었던 것은 아니었다. 후에 아일랜드의 제3대 대통령이 된 에이먼 드 발레라(Éamon de Valera)는 차일더스를 "내가 만난 무수한 사람들 중 가장 고결한 사람"으로 평가했다.

이 "고결한 사람"의 생은 점점 마지막으로 향하고 있었다.
1922년 11월 10일, '아일랜드 자유국'의 군인들이 차일더스가 묵고 있던 곳에 침입하여 그를 체포했다. '아일랜드 자유국'의 수장이었던 마이클 콜린스가 앞서 8월 22일에 암살당한 이후 일대 혼란에 빠져 있던 '자유국' 정부는 당국의 허가 없이 무기를 소지한 자는 사형에 처한다는 법을 공포한 터였다. 군인들은 차일더스의 몸에서 스페인 제 반자동식 소형 권총 한 자루를 발견했고, 그는 즉시 군사 재판에 회부되었다. 어처구니없게도 그 권총은 차일더스와 마이클 콜린스가 좋은 관계를 유지했던 시절, 콜린스가 선물로 준 것이었다.

권총을 소지했다는 이유로 군법 재판에 넘겨진 차일더스는 11월 20일, 사형을 선고받고 24일에 죽음을 맞았다. 불과 며칠 사이에 숨 가쁘게 일어난 일이었다. 제대로 된 변호도 받지 못한 채 차일더스는 속수무책으로 사형에 처해졌다.

사형 집행일 당일.
우리는 인간의 단계를 초월하여 인간 위의 차원으로 옮겨간 차일더스를 만난다.
차일더스는 총살당하기 전, 자신을 총살하기 위해 대기하고 있는 군인들과 악수를 나누었다. 그리고 당시 열여섯 살이었던 자신의 아들에게 이렇게 당부했다. 아비에게 사형 판결을 내린 사람들을 용서하고 그들과 화해하라고.

이게 가능한 일인가.
인간으로서 도대체 이런 용서가 가능할 수 있느냐는 말이다.
자신을 죽이려는 사람을, 하나밖에 없는 자신의 목숨을 뺏으려는 사람을, 그것도 얼굴을 바라보며 용서할 수 있을까. 단언컨대 이것은 인간이 할 수 있는 일이 아니다. 차일더스가 보여준 용서는 인간임을 뛰어넘은 존재만이 행할 수 있는, 이른바 기적이다.

- 나를 사형에 처한 사람들을 용서하겠다고 약속해 주렴.
- 그럴게요, 아버지.

차일더스의 아들, 어스킨 해밀턴 차일더스(Erskine Hamilton Childers)는 훗날 아일랜드의 제4대 대통령이 되었다.

차일더스의 외로움을 생각한다.
이해받지 못하는 자의 외로움.
사랑하는 대상으로부터 버림받은 외로움.

사랑하는 대상의 손에 죽음을 당하는 자의 외로움.
사형장에 선 자의 외로움.
눈이 가려진 채 공포로 몸을 떨면서 마지막을 기다려야 하는 자의 외로움.
무엇보다도
자신을 죽이는 자를 용서하는 자의 외로움.
자신을 죽이는 자를 그래도 사랑할 수밖에 없는 자의 외로움을.

차일더스의
외로움과
사랑을
먹고 자란 땅,
아일랜드.

15

스켈릭 마이클

아일랜드 친구에게서 엽서 한 장이 왔다.
엽서엔 스켈릭 마이클(Skellig Michael)이 대서양 한가운데에 떡 버티고 있다.

스켈릭 마이클은 사람 이름처럼 들리지만 사람 이름이 아니라 아일랜드의 케리 주에 있는 바위산의 이름이다. 유네스코 세계 문화유산으로 지정된 스켈릭 마이클은 험준하고 가팔라서 오르기 어렵기로 유명하다. 비가 오면 걷다가 미끄러져 벼랑으로 떨어져 바다로 풍덩할 것 같고, 강풍이 불면 몸이 통째로 날아가 바다로 풍덩할 것 같고, 안개까지 자욱하게 끼면 바다가 온통 안개 밭이 되는 통에 그 위에 떨어져도 포근할 것 같은 착각이 들게 하니 그야말로 위험천만하고.

스켈릭 마이클에 들어서면 경고 표지판이 보인다.
이 경고를 우습게 보거나, 안 보거나, 대충 보거나 했다간 머지않아 크게 곤란을 겪을 수도 있으니 잘 읽고 그대로 지키는 게 가장 좋다. 표지판엔 이렇게 쓰여 있다.

- 스켈릭 마이클은 위험 요소를 가진 장소임.
- 계단을 오를 때는 매우 주의할 것. 계단 모양이 고르지 않음. 습하거나 비가 오는 날씨인 경우 매우 미끄러우므로 주의 요함.
- 당뇨, 간질, 심장 질환, 호흡기 질환 등이 있거나 기타 질병으로 인해 약을 복용하고 있는 경우 등반하기 전에 본인의 신체 상황을 고려해야 함.
- 이전에 사고와 사망 사건이 일어난 적이 있음. [저자의 번역]

맨 마지막 문구, "사고와 사망 사건이 일어난 적이 있음"이 가장 인상적이다.
아일랜드에선 경고에 그렇게 쓰여 있으면 정말 그런 것이다.
사고와 사망 사건이 일어난 적이 있는 곳인 만큼 스켈릭 마이클 곳곳에는 "난간 없음" 그러니 바다로 풍덩 조심, "계단 미끄러움" 등등의 경고문이 꽂혀 있다.

스켈릭 마이클은 2015년부터 새로 개봉된 영화 "스타워즈" 시리즈의 배경으로 등장할 정도로 독특한 장소이다.
스켈릭 마이클의 가장 독특한 풍경은, 이곳을 찾는 관광객들의 주 목적지이자 618개의 계단을 따라 해발 180미터를 오르면 나타나는, 고대의 수도원 터이다.

이 수도원은 6세기에서 8세기 사이에 지어진 것으로 추정되는데 현재는 수도승들의 생활공간과 묘지 등의 구조물이 폐허가 되어 흔적으로만 남아있다.

이들은 툭하면 비바람이 몰아치는 이 척박한 곳에서 무엇을 먹고살았을까. 사방을 뱅뱅 둘러봐도 먹을 것은 보이지 않는다. 보이는 것은 천 길 낭떠러지 아래에 있는 바다뿐인데 고기를 잡아서 먹었으려나. 고기를 잡아서 먹는 것은 정말이지 불가능해 보이지만, 만약 그랬어야 했다면, 아마도,
까딱 잘못하다가 발을 헛디디기라도 하면 그대로 바닷속으로 직행해야 하는 618개의 계단을 따라 위태위태하게 내려간 다음,
미끄러운 바위 위에서 발이 미끄러지지 않게 발에 힘을 팍 주고 낚싯대를 드리워 어찌어찌 물고기를 잡은 다음,
다시 618개의 계단을 헉헉대며 올라오다 쉬다 올라오다 쉬다를 반복하면서 수도원으로 복귀했을 것이다.

사정이 이러했을 터이니 사방이 바다라 해도 바다에서 나는 것을 먹고 살기는 매우 힘들었을 것으로 보인다. 그렇다고 변변한 땅뙈기도 없으니 뭔가를 심어서 풍부히 먹고 살았을 것 같지도 않고. 물론 조각조각 자투리땅이 아예 없는 것은 아니니 그런 곳에 뭘 좀 심어서 먹었을까. 아니면 곳곳에 풀은 좀 있으니 양 등을 키워 양식으로 삼았었나.
먹는 것은 그렇다 치도 아프면 어떻게 했을까.
하긴 7-9 세기엔 이곳 수도승들뿐만 아니라 육지에 사는 보통의 사람들도 아프면 별 뾰족한 방법 없이 스스로를 운명에 맡겼을 테지만 말이다.

수도승들은 무엇을 바라며 이 바위산, 스켈릭 마이클에 왔을까.
세상으로부터 완전히 고립되어 바다 한가운데에 있는 이 바위산에?

도저히 사람이 살 수 없을 것 같은 이곳에?
그야말로 아무것도 보이지 않는 칠흑 같은 밤이 되면 달빛과 별빛에만 의존하여 내 손과 발을 봐야 하는 이곳에?
햇볕이 내리쬐는 한낮이라 해 봐야 저 멀리 낭떠러지 밑에서 바다가 바위에 부딪히는 소리, 이 바위산의 주인인 퍼핀 새가 왁왁 꾸웩꾸웩 우는 소리밖에 나지 않는 이곳에?
이들은 무언가를 피해 왔을까, 아니면 무언가를 찾으러 왔을까.

아일랜드의 극작가 조지 버나드 쇼(George Bernard Shaw)는 스켈릭 마이클을 방문한 후, 친구인 배리 잭슨(Barry Jackson)에게 보내는 편지에서 이렇게 썼다.

> 그곳은 말이지 자네와 내가 지금까지 살아온 곳들과는 차원이 다른 곳이야. 스켈릭 마이클은 꿈의 세계야. 나는 아직도 현실로 돌아온 것 같지 않다네. [저자의 번역]

대작가다운 평이다.
쇼는 스켈릭 마이클을 "꿈의 세계"라고 했다.
그곳에 있다 보니 그곳에 너무 취해서 현실로 돌아와도 여전히 그곳에 있는 것 같다고 했다. 그곳의 무엇이 쇼를 그렇게 취하게 했을까.
그곳의 어떤 아름다움이?
나는 그 아름다움의 정체는 극한의 외로움과 고독이라고 생각한다.

스켈릭 마이클은 쇼가 표현한 대로 "꿈의 세계"이다. 현실 세계에는 없는 곳이라는 뜻이다. 정확히 말하면 스켈릭 마이클의 외로움과 고독은 현실 세계에는 없다는 뜻이다. 스켈릭 마이클에서 함께 생활했던 수도승들은 대략 열두 명 안팎정도 되었다고 한다. 이 열두 명의 수도승들이 대서양 한복판에서 세상사람, 세상의 일들을 모두 끊고, 인간으로 태어난 이상 경험할 수밖에 없는 모든 감정, 기쁨, 슬픔, 분노, 환희, 절망, 희망 등도 완전히 끊어 버리고 마침내 경험했던 외로움과 고독은 어떤 맛, 어떤 모습이었을까. 이는 분명 우리가 세상 속에 여전히 발 딛고 있으면서 '아, 외롭다', '아, 고독하다'고 말할 때의 외로움과 고독은 아니었을 것이다. 그들이 경험한 외로움과 고독은 어떤 것이었을지 아무리 생각해도 짐작조차 되지 않는다. 그 외로움과 고독은 짐작조차 되지 않기 때문에, 그리하여 우리의 상상력을 뛰어넘기 때문에, 말할 수 없이 아름답다.

스켈릭 마이클에 맨 처음 도착해서 손이 아프게 돌을 깎아 618개의 계단을 하나하나 놓았을 수도승들을 생각한다. 그들이 놓았던 계단은 극한의 외로움과 고독으로 가는 계단이었다. 많은 사람들이 피할 수 있으면 피하고 싶어 하는 것이 외로움과 고독이지만, 그들은 극한의 외로움과 고독을 기꺼이 자신들의 존재 속으로 맞아들였다.

스켈릭 마이클에 방문하시려거든 먼저 개방 시간을 확인하시라. 1년 내내 개방하는 것이 아니니 말이다.

16

"사냥꾼의 아들"

아일랜드의 정치인이자 작가인 에드먼드 리미(Edmund Leamy)가 저술한 『아일랜드의 동화(*Irish Fairy Tales*)』 속에 수록된 이야기, "사냥꾼의 아들(The Huntsman's Son)"을 읽어보자.

옛날 옛날, 아주 먼 옛날.
조그만 오두막에 사냥꾼과 그의 아내, 그리고 그들의 아들이 살고 있었다. 아들의 이름은 퍼거스였는데, 퍼거스는 아주 어릴 적부터 아버지를 따라 사냥을 하면서 씩씩하게 자라났다. 퍼거스에 대한 묘사를 보자면,

> 사슴처럼 발 빠르고, 바람처럼 자유롭고 대담하며, 키 크고 잘 생겼으며, 마가목처럼 유연하고, 입술은 딸기처럼 붉고, 눈은 봄 하늘처럼 파랗고, 머리카락은 금빛 소나기와도 같이 어깨에 늘어뜨려져 있고, 심장은 새의 심장과도 같이 가볍고, 세상 어느 새보다도 숲과 나무를 사랑하는 청년.[7]

---

7 이 장에 인용되는 "사냥꾼의 아들"의 모든 단어, 구절, 문장, 대목의 번역은 필자의 것임을 밝힌다.

한마디로 나무랄 데 없이 완벽한 청년이다.
그런데 리미가 퍼거스의 완벽함과 아름다움을 묘사하기 위해 퍼거스를 사슴, 바람, 마가목, 딸기, 봄 하늘, 소나기, 새 같은 자연과 비교하는 점이 흥미롭고 인상적이다. 퍼거스가 살던 시대만 해도 '너는 자연을 닮았다'는 말이 최고의 찬사였던 모양이다. 사실 인간이 자연을 닮았다는 말보다 더 큰 찬사가 어디 있겠는가. 인간은 자연에서 나온, 자연의 일부일진대, 너는 네가 유래한 자연을 닮은, 그러니까 네 조상인 자연의 정통 후손이라는 인정은 분명 최고의 칭찬임에 틀림없다.

그러나 요즘 세상에서도 '넌 자연을 닮은, 자연의 진정한 후손이다'라는 평이 칭찬 중의 칭찬으로 들리려나. 글쎄. 더 이상 자연을 두려워하지도, 경외하지도 않는 세상인데?
차라리 '당신은 몇 백억짜리 복권에 당첨되었습니다'와 같은 소식이 그 사람에겐 더 큰 자랑거리가 되지 않겠는가.

퍼거스는 태어난 이래로 줄곧 숲 속 오두막에서 부모님과 함께 살았고, 그곳을 떠날 생각을 해본 적이 없었다. 어느 겨울날 밤, 방랑 시인 하나가 하룻밤 재워 달라고 오두막 문을 두드리기 전까지 말이다. 퍼거스네는 그에게 기꺼이 잠자리를 내주었고, 시인은 고마움의 표시로 사랑과 전쟁에 대한 시를 노래로 만들어 불러 주었다. 그날 이후로 퍼거스는 집을 떠나 새로운 곳에서 새로운 경험을 하고 싶다는 생각, 그러니까 전사가 되고 싶다는 생각을 하게 됐다. 시와 예술의 힘이란! 시는 퍼거스의 마음과 지향을 바꾸어 버렸다. 아니, 스스로 마음과 지향을 바꾸게 만들었다. 시와 예술의 저력을 알고 있는 아일랜드의 문학적 토양이 몹시 부러워지는 지점이다.

이제 퍼거스의 마음은 자나 깨나 전쟁터에 가 있었다. 그는 상상 속에서 방패 부딪히는 소리, 전사들이 뒤엉켜 싸우는 소리를 들으며 전율하곤 했다.

퍼거스가 이렇게 허구한 날 전쟁터를 꿈꾸며 시간을 보내는 동안, 계절이 바뀌어 다시 겨울이 왔다. 눈보라 치는 어느 날 밤, 누군가가 똑똑똑 크게 문을 두드리는 소리가 들렸다.

퍼거스와 그의 부모님이 문을 열고 보니 키가 작고 주름이 가득한 노인이 겨드랑이에 작은 하프 하나를 끼고 서 있었다. 퍼거스네는 노인에게 안으로 들어오시라고 청했다.

퍼거스의 부모님이 말했다. "잠자리가 누추해서 죄송합니다. 그래도 저희가 할 수 있는 한 최선을 다할 테니 편히 쉬십시오".

노인이 말했다. "왕이라도 최선 이상은 할 수 없지요".

퍼거스네 엄마는 벽난로에 불을 피워 집을 따뜻하게 한 다음 노인에게 우유와 보리빵을 가져다주었다.

퍼거스네 아빠가 말했다. "음식을 드시는 동안 주무실 자리를 만들고 오겠습니다".

노인이 대답했다. "안 그러셔도 됩니다. 전 여기 벽난로 옆에서 자겠습니다. 저는 신경 쓰지 마시고 얼른 들어가서 주무십시오. 그리고 언제가 될지는 모르겠지만, 아마 생각지도 않은 어느 때가 될 테지만 말이지요, 이 불쌍한 나그네에게 베풀어 주신 친절에 대해 보답을 할 날이 반드시 올 것입니다".

오! 선한 일을 한 퍼거스네 가족에게 조만간 좋은 일이 있으려나 보다. 다만 현실에선 선한 행위를 한다고 해서 반드시 좋은 결과를 보는 것은 아니지만, 여긴 이야기 속이니까.

퍼거스네가 잠자리에 들고 노인도 잠이 든 후 한 시간쯤 지났을까.
똑똑똑. 누군가가 문을 두드리는 소리가 들렸다.

퍼거스가 나가서 문을 여니 키가 작은 노파가 실패 하나를 손에 들고 서 있었다. 인물들이 아이템 하나씩을 갖고 등장하는 점이 흥미롭다. 아까의 노인은 하프. 이 여인은 실패.

이번에도 퍼거스네 엄마는 이 여인에게 잠자리와 우유, 그리고 보리빵을 내어 준다. 그리고 다시 한번, 이번에도 퍼거스네 엄마는 잠자리를 만들어 드리겠다고 제안하지만 이 손님은 나는 여기 벽난로 옆에서 잘 터이니 신경 쓰지 말고 어서 가서 주무시라고 말한다.

퍼거스와 퍼거스네 엄마가 잠자리에 들고, 노파도 잠든 후 한 시간쯤 지나자 다시 똑똑똑 문 두드리는 소리가 들렸다.

이런, 하룻밤 사이 세 명의 방문객이라니! 잠은 다 잤네.

퍼거스가 나가서 문을 열어 보니 이번엔 작고, 털이 텁수룩한 야생마 한 마리가 서 있는 게 아닌가. 산에 사는 야생마, 푸카였다.

퍼거스는 푸카의 콧구멍에서 불길이 날름날름 나오는 것을 보고 적잖이 놀랐지만, 이내 마음을 진정시키고 푸카에게 들어오라고 청했다. 퍼거스네 엄마는 푸카에게 보리빵을 권했고, 보리빵을 맛있게 먹은 푸카는 우유 한 잔을 주실 수 있느냐고 물었다. 물론! 퍼거스네 엄마는 푸카에게 기꺼이 우유를 대접했다.

빵과 우유를 기분 좋게 먹은 푸카가 말했다. "이제 가서 주무세요. 저는 여기 벽난로 옆에서 잘게요".

아침이 되어 자리에서 일어난 퍼거스네는 화들짝 놀랐다. 집안엔 노인이고, 노파고, 말이고 할 것 없이 흔적조차 없었다. 다만 빵 부스러기와 컵만 덩그러니 있었을 뿐. 퍼거스네는 밤새 헛것을 본 게 아닌가 하여 고개를 갸웃거렸다.

신기한 일이 일어난 이 날 이후로 새로운 삶을 살아보고 싶다는 퍼거스의 열망은 걷잡을 수 없이 커져버렸다. 결국 퍼거스는 부모님께 전사가 되고 싶다는 말씀을 드리고 집을 떠났다.

퍼거스가 왕궁에 도착하자 마침 전사 지망자를 모집 중이었다. 퍼거스는 만만치 않은 수차례의 관문을 무사히 통과했고, 각고의 노력 끝에 전사로 받아들여졌다. 그리고 오래지 않아 자신이 속한 부대에서 가장 용맹스럽고, 가장 유능한 전사로 성장했다.

이 즈음에 왕의 조카딸이 왕 내외와 함께 왕궁에 머무르고 있는 중이었다. 조카딸, 그러니까 공주는 - 리미는 이 조카딸을 '공주'로 지칭한다 - 절세 미녀로서 여기저기 이 나라 저 나라 왕들이 제발 결혼 좀 해달라고 아주 난리였다. 하지만 이 아름다운 여인은 다음의 세 개 조건 모두를 만족하는 사람과만 결혼하겠다는 의지를 피력한 터였다. 그 조건이 뭔지 한 번 들여다보자.

첫째, 이 나라 최고의 시인보다 더 아름답게 시를 노래로 만들어 부를 수 있는 최고의 전사일 것.
둘째, 타라[8]에서 열리는 대 경기에서 말을 타고 '평원의 백마'보다 더 빨리 달릴 것.
셋째, 자신에게 무지개 색의 옷을 웨딩드레스로 줄 수 있는 전사일 것. 단, 이 옷은 아주 촘촘하고 정교하게 짜여서 자신의 작고 하얀 손바닥에 쏙 히니 들어와야 함.

옷이 손바닥 안에 들어오느니 마느니 하는 게 뭐 그리 중요한 일인지 모르겠지만, 이 여인의 결혼 조건은 참으로 독특하기도 하다. 당연히

---

8 아일랜드 미스 주에 있는 타라의 언덕. 고대에 각종 의식을 행하고, 죽은 자를 매장했던 신성한 장소.

이러한 까다로운 조건을 모두 충족시키는 구혼자는 단 한 명도 없었다.

그러던 어느 날 퍼거스는 헐링[9] 경기를 참관하고 있는 그 여인을 우연히 보게 되는데.

보자마자 속절없이 이 여인에게 반해 버린 퍼거스.
그 순간 이후로 퍼거스는 앉으나 서나 당신 생각. 그러나 내 주제에 어떻게 저 여인을, 혹은 저 여자가 나 같은 놈에게 눈길이나 주겠냐 하는 생각에 마음을 접으려 하지만, 접어질 리가 있나. 급기야 퍼거스는 그냥 고향 숲에 파묻혀 있을 걸, 뭐 하러 거기서 나왔나 싶기도 하고, 내 마음 나도 모르겠고, 상사병이라도 날 판인데.

자, 그러나 상사병을 자기 발전의 에너지로 전환하기로 결심한 퍼거스. 얼마 있으면 열릴, 타라의 대 경기에서 반드시 1등 상을 받아서 그 여자 눈에 꼭 들고 말겠어!

타라의 대 경기 날.
첫 번째 경기는 창 던지기였고, 우리 모두 예상 한 대로 이 이야기의 주인공인 퍼거스가 1등 상의 주인공이 되었다. 퍼거스는 상을 받으러 왕 앞에 선 그 순간에도 상보다는 그 여자가 자기를 보고 있는지 아닌지가 더 신경이 쓰였다. 아, 제발, 저 여인이 나의 이 장한 모습을 보고 홀딱 반해 버려야 할 텐데.

---

9 아일랜드의 전통 경기. '헐리'라 불리는 방망이로 작은 공을 치는 경기.

그런데 이런 것이 바로 텔레파시, 이심전심인가.
이름이 '모린'인 이 여인은 퍼거스가 경기에서 이리저리 날뛰면서 대활약을 하는 광경을 보고 이 사나이에게 홀라당 마음을 빼앗겨 버린 것이었다. 그 순간 이 여인의 마음속에 후회가 파도처럼 밀려온다. 아우, 괜히 조건이랍시고 이것저것 내걸었네!

이런저런 경기가 더 진행되었고, 시간이 지나 밤이 되었다.
퍼거스의 동료 전사들은 부어라 마셔라 아주 흥청망청 중이었다. 하지만 퍼거스는 그날의 승자였음에도 슬프고 우울한 마음이 들어 무리에서 빠져나와 숲으로 발길을 옮겼다. 숲에 누워서 마음을 달래는 와중에도 퍼거스는 그 여인에 대한 생각을 놓을 수가 없었다. 가까스로 잠이 들어 아침이 되어서야 눈을 뜬 퍼거스. 오늘 드디어 이 나라 최고의 시인이 1인자의 자리를 계속 지킬 것이냐 말 것이냐를 결정짓는 시대회가 열릴 텐데, 그러니 얼른 동료들이 있는 경기장으로 가서 내가 반한 그녀를 차지할 자가 누군지, 어떤 녀석이 시를 그렇게 잘 짓는지 내 눈으로 봐야 직성이 풀리겠는데. 하지만 퍼거스는 생각하면 생각할수록 절망감만 들어 그냥 아무것도 하지 않고 죽은 듯 누워 있기만 했다. 리미의 표현을 그대로 번역하자면, "부러진 갈대마냥" 누워 있었다.

절망감과 무력감에 압도되어 누워 있는 것 말곤 아무것도 할 수 없는 퍼거스.
현실에서는 절망감과 무력감에 사로잡혀 누워 있기만 하는 경우 보통은 시간이 지나도 아무 일도 일어나지 않을 것이다. 울고 있는 사람은 계속 울고 있는 것이 현실. 울고 있는 사람 앞에 울음을 뚝 그치게 할, 결정적이고, 근본적이고, 확실한 해결책이 별안간 펑하고 나타나는 일 따위는 절대 일어나지 않는 것이 현실.

그러나 이곳은 이야기 속이다. 현실에서 일어나지 않는 일들이 아무렇지 않게 일어나는 이야기 속.

시궁창과도 같은 마음에 사로잡힌 퍼거스 앞에 거짓말처럼 누군가가 서 있었다. 퍼거스는 깜짝 놀랐다. 그 사람은 오래전 날씨 사나웠던 밤, 부모님 집에서 잠자리와 먹을 것을 내주었던 바로 그 키 작고 주름 가득한 노인이었다.

노인이 말했다. "누가 공주의 배필이 될지 정하는 그 장소에 자네가 있으면 딱 좋을 텐데".

퍼거스가 말했다. "어차피 제 차지는 안 될 텐데 누가 그 여자를 아내로 들이느냐 마느냐가 저한테 뭐 그리 중요하겠습니까".

노인이 말했다. "자네 부모님이 내게 문을 열어 주고 친절을 베풀었던 날, 내가 그랬지, 자네와 부모님께 내가 은혜를 갚을 날이 올 거라고. 그때가 바로 오늘이네. 이 하프를 받게. 그리고 내 행운도 함께 받게나. 오늘 있을 시 대회에서 자네는 자네와 자네 부모님께서 베푼 선행에 대한 보답을 받을 것이네".

부모가 덕을 쌓으면 그 덕은 모두 자식에게 가게 되어있다. 그리고 부모가 덕을 쌓는 것을 보고 자라면서 부모를 모방하여 함께 덕을 쌓은 자식은 그 결실을 언젠가 거두게 되어 있다.

노인이 주신 하프를 들고 동료들이 있는 경기장으로 돌아온 퍼거스. 시 경기가 시작되고 이 나라 최고의 시인이 하프를 타며 시를 노래로 만들어 부르는데.

> 시인의 손가락이 하프 현 위를 부드럽게 어루만지니 사람들은 숨을 죽였고 일순간 아늑한 휴식으로 빠져드는 것이었다. 시인의 머리 위에서 날아다니며 노래하던 종달새도 그가 하프를 타자 노래를 멈추고 꼼짝 않고 한 자리에 있었고, 온 평원이 그의 음악을 듣느라 쥐 죽은 듯 조용해졌다. 이윽고 시인이 다른 노래를 들려주자 청중은 감미로운 슬픔에 젖어들었고, 그들의 눈엔 눈물이 고이기 시작했다. 하지만 이내 시인이 또 다른 노래를 시작하자 청중의 마음은 즐거움으로 가득 찼고 그들의 입에선 웃음이 터져 나왔다.

리미가 생각하는, 나아가 아일랜드 문학이 생각하는, 이상적인 시, 이상적인 문학은 무엇인가에 대한 답을 제공해 줄 수 있는 대목인 것 같아 번역, 인용해 본다. 위 인용문에 나타나는 바, 시와 문학은 모름지기 첫째, 듣는 이에게 휴식과 위안을 줄 수 있어야 하고, 둘째, 듣는 이를 울렸다 웃겼다 할 수 있어야 한다. 시인 혹은 예술가가 듣는 이의 감정과 상상력을 들었다 놨다 할 수 있는 필력과 예술혼을 가지고 있다면 그는 예술가로서 가질 수 있는 것은 다 가진 것이다.

그러나 리미는 좋은 시인, 좋은 예술가가 되기 위해선 한 가지 능력이 더 필요함을 시사한다. 이 나라 최고의 시인이 연주를 마치고, 퍼거스의 차례가 되어 단상에 오른 그가 노인이 주신 하프를 타며 곡조를 연주하기 시작하는데.

> 퍼거스가 부드러운 손가락으로 하프를 타자 울창한 숲의 나무들 사이에 부는 여름날의 미풍처럼 낮고 부드러운 가락이 흘러나왔다. 그리고 나선 나뭇가지에서 바스락대는 새들의 날개 소리가 들리는 듯했다. 깊은 산속 냇물이 꿈결인 듯 웅얼대며 흐르는 소리도 들리는 것 같았다.... 그러더니 여름날 바짝 마른 풀 위에 소나기 한 줄기가 쏟아지듯 시원하고 부드러운 곡조가 들려오는 것이었다. 그리고 길고 고요한 저녁에 들려오는 찌르레기의 노랫소리 같은 맑은 곡조도 흘러나왔다.

리미가 생각하는 바, 좋은 시, 좋은 예술이라면 모름지기 자연을 모방하여 최대한 자연을 닮아 있어야 한다. 시, 예술은 인간이 만든 인공적인 것이지만, 그것의 최종 단계는 사람이 만들었다는 흔적을 보이지 않고 자연처럼 되는 것이다. 영국의 시인, 존 키츠(John Keats)는 인간이 쓴 시가 아무리 고군분투해도 나이팅게일의 노랫소리를 따라가지 못함을 슬퍼하고 한탄하지 않았던가.

퍼거스의 시와 노래는 퍼거스가 만들었으나 그가 만들었다는, 인공의 흔적을 보이지 않고 오로지 바람, 새, 냇물, 소나기, 찌르레기의 노랫소리와 닮아있다. 인용문에 묘사된 바, 퍼거스의 노래는 그저 상상만 해도 황홀하다. 자연을 닮은 시와 예술은 어떤 것일까. 수많은 대가들이 자연을 닮은 예술과 시를 만들어 보려고 애절한 마음으로 영감을 구하였으나 대부분은 실패했다. 인간이 만든 것에서 인간이 만들었음을 보여주는 흔적이 안 나타나게 하는 것은 애초에 불가능한 야망이기 때문이다. 하지만 퍼거스는 이 불가능한 과업을 완수해 내어 최고의 시인이 되는 영예를 얻는다.

이후에 다른 경기들이 열렸지만 퍼거스는 별 관심도 없고 울적한 마음이 들어 다시 숲으로 향했다. 은인을 만나 행운을 넘치게 받고 최고 시인의 자리에 오르는 영예를 누리게 되었는데 감사할 줄도, 만족할 줄도 모르고 여전히 슬프다고 하는 퍼거스.

퍼거스는 내일 아침에 있을 '평원의 백마'와의 경기를 생각하니 몹시 슬퍼졌다. 아무리 봐도 자신이 승리할 것 같지 않았기 때문이다. 그녀의 눈에 들 기회도 자신에게서 점점 달아나는 것 같았다. 그리하여 숲에 누워 뜬 눈으로 밤을 보내고 다음날 아침에 일어나 이리저리 어정거리고 있는데. 별안간 그때 그, 산에 사는 야생마 푸카가 눈앞에 나타났다.

푸카가 말했다. "제가 은혜를 갚겠다고 말씀드렸었지요? 시간이 없습니다. '평원의 백마'가 경기장으로 오고 있는 중이에요. 얼른 타세요".

경기장에 도착한 푸카와 퍼거스. 우리의 예상대로 푸카와 퍼거스 팀이 '평원의 백마' 팀을 꺾고 정상을 차지.

이제 그녀의 남자가 되기까지 한 가지 관문이 더 남아 있었다. 하지만 퍼거스는 더 이상 울적해하지 않았다. 믿는 구석이 있었기 때문이다. 퍼거스는 그날 밤 숲으로 가서 드러누워 잤다. 아침에 일어났을 때 그의 눈앞에 누가 나타났냐면, 딩동댕!
실패를 쥐고 있는 키 작은 노파.

노파가 말했다. "자네와 자네 부모님이 그날 밤 내게 베풀어준 은혜를 생각해서 공주님이 입을 웨딩드레스를 만들어 주겠어. 가서 숲 속의 야생화를 꺾어 와 봐. 그 꽃들을 엮어서 공주님이 좋아할 만한 드레스를 만들어주지".

퍼거스가 꽃을 꺾어다 드리자 노파는 갖고 있던 실패로 눈 깜짝할 사이에 드레스를 뚝딱 만들어냈다.

퍼거스가 공주에게 가서 웨딩드레스를 건네니 기꺼이 그의 아내가 되겠다고 선언하는 공주. 이후 둘은 행복하게 살았습니다. 끝.

동화 "사냥꾼의 아들"은 단순하게 보면 옛날이야기의 흔한 주제 중 하나인, 선남선녀의 결혼을 다루는, 매우 예상 가능하고 관례적이고 평범한 서사를 담고 있다. 하지만 나는 이 동화 속에서 아일랜드 문학의 핵심 주제 중 하나를 발견하였다.

바로 자연의 경이로움.

리미는 퍼거스의 외모의 완벽함과 아름다움을 묘사하기 위해 자연을 끌어 왔고,
그가 하프를 타며 부른 노래의 완벽함과 아름다움을 묘사하기 위해 다시 한번 자연을 끌어 왔다.

뭐가 제일 좋아?라는 질문에 자연이 최고야라고 거침없이 답했던 시대.
순수하고 순했던 시대. 그런 시대가 다시 올 수 있을지.

17

아일랜드어, 아직은

아일랜드의 현대 대중음악을 이야기하면서 엔야(Enya)를 언급하지 않고 지나갈 수 있을까. 물론 아일랜드가 낳은 보이존(Boyzone), 크랜베리즈(The Cranberries), 유투(U2), 웨스트라이프(Westlife) 등의 음악도 좋다. 하지만 엔야의 음악은 너무 좋다. 너무나도 좋다. 적어도 내겐 그렇다.

아주 오래전에, 내가 아일랜드로 가기 훨씬 오래전에, 비가 억수같이 내리던 날 오후 4시경, 엔야의 "켈트인(The Celts)"과 "생의 서(Book of Days)"를 처음 들었었다. 그때 느꼈던 충격은 도저히 말로 표현할 수 없다. 음악이라는 것이 이렇게도 아름다운 것이었나. 나는 엔야의 음악을 통해 음악이라는 장르 자체를 다시 보게 되었던 것이다.

그런데 묘한 것이 있었다.
"켈트인"과 "생의 서"를 듣고 있는데 영어도 아니고 불어도 아닌, 매우 낯선 언어가 들리는 것 아닌가. 자주 들리는 '스', '샤' 발음이 마치 황야를 가르는 바람 소리 같기도 한, 매우 낯설고도 매우 매력적인 언어.

후에 나는 그것이 아일랜드어 - 외국인들은 게일어 혹은 아일랜드 게일어라고도 부르지만 정작 아일랜드인들은 그 명칭을 좋아하지 않고 오로지 '아일랜드어'로 명명한다 - 라는 것을 알게 되었고, 내가 들었던 "생의 서"는 아일랜드어 버전이었으며, 엔야는 아일랜드 북서쪽 지역, 그러니까 '아직도' 아일랜드어를 쓰며 다방면에 걸쳐 아일랜드 문화를 고스란히 간직하고 있는 그리도어 출신이라는 것도 알게 됐다.

'아직도'라니.
이 말은, 아일랜드에선 아일랜드어를 쓰지 않는다는 말이다.
지금부터 나는 더 이상 쓰이지 않는 아일랜드어에 대해 이야기해 보려고 한다.

사실 아일랜드어가 더 이상 쓰이지 않는다는 건 정확한 표현이 아니다. 아일랜드의 서쪽 해안 지방에는 많지는 않지만 여전히 아일랜드어를 사용하는 사람들이 있고, 아일랜드의 모든 중고등학교 과정에서 아일랜드어 과목 이수는 필수다. 뿐만 아니라 더블린의 모든 시내버스에서는 영어와 아일랜드어로 정류장 안내 방송이 나오며, 교통 표지판 역시 영어와 아일랜드어로 표기되어 있다. 하지만 아일랜드어를 전혀 모르더라도 아일랜드에서 사는데 불편함이 없다는 것 역시 사실이다. 모든 의사소통은 영어로 이루어지기 때문이다. 아일랜드어가 아일랜드인들의 일상생활에서 차지하는 매우 작은 비중을 가늠해 볼 수 있는 지점이다.

무슨 사연으로 아일랜드는 아일랜드어를 사용하지 않게 된 걸까.
이 사연의 중심부에는, 그렇다, 다시 한번 영국이 있다. 아일랜드 역사에서 절대로 지워 없애 버릴 수 없는 상처와도 같은 영국 말이다. 이미 너무 많은 시간이 지나서 한 살처럼 되어 버려 도저히 깨끗하게 도려내 버릴 수 없는 영국, 너를 도려내자면 내 살이 떨어져 나가게 생긴, 바로 그 영국 말이다.

많은 학자들은 1366년부터 1920년대에 이르기까지 무려 약 6세기 동안 아일랜드어를 말살시키려는 영국의 노력이 꾸준히 이어졌음을 밝히고 있다. 하나의 언어가 약 560년 동안 탄압을 받는다면 그 언어는 과연 생존할 수 있을까. 아일랜드어를 없애려는 영국의 노력은 실로 체계적이고 치밀했다. 그러한 영국의 시도 두 가지만 들어보자면,

첫 번째, 1366년의 킬케니 법령.
킬케니 법령은 아일랜드에 정착한 영국인들이 아일랜드 문화에 물들어서 아일랜드인들보다 더 아일랜드인스러워지는 것을 두려워했던 당시 영국의 왕, 에드워드 3세의 뜻을 받든 법령이었다. 이 법령에 따르면, "영국인, 혹은 영국인과 함께 사는 아일랜드인 누구라도 본 법령을 어기고 아일랜드어를 사용할 시 그의 토지와 가옥은 몰수된다" [저자의 번역]. 다시 말해 1366년 경, 아일랜드 땅에서 아일랜드어를 사용하기 위해선 가진 재산을 몽땅 날릴 각오가 되어 있어야 했다. 이후 1465년, 영국은 또 하나의 법령을 발포했다. 즉 아일랜드인은, 재산 몰수를 당하고 싶지 않으면, 반드시 영국식 성씨로 바꿔야 했다.

두 번째, 1536년, 당시 영국의 왕이었던 헨리 8세가 골웨이를 통치하고 있던 영국 관리들에게 보낸 편지.

이 편지에서 헨리 8세는 골웨이 사람들에게 아일랜드어를 사용하지 말 것을, 대신 영어를 사용할 것을, 그리고 자녀들에게도 아일랜드어가 아닌 영어를 가르칠 것을 명했다. 이듬해 1537년에 법령이 또 발포되는데 주목할 만한 다음 대목이 등장한다.

> (아일랜드인의) 야만적이고 거칠기 짝이 없는 생활 방식. [저자의 번역]

영국은 아일랜드인의 소위 "야만적"인 "생활 방식"이 아일랜드어 사용 때문이라는 기이한 논리를 펴서 아일랜드어의 대대적인 말살을 꾀했다. 이런 식으로 약 6세기 동안 영국은 아일랜드인에게서 아일랜드어를 뺏음으로써 그들의 정신과 문화 전반을 통제하고자 했다.

아일랜드어가 거의 소멸되는 상황에 이르게 된 데는 1845년부터 1949년까지 아일랜드를 강타했던 대기근도 한몫했다. 기근이 덮치자 수많은 아일랜드인들이, 살기 위해 영국과 미국으로 떠났다. 떠나는 이들에게 아일랜드어는 생존의 언어, 생존의 버팀목이 되어주지 못했다. 이들은 영어를 쓰는 영국과 미국에서 살아남기 위해서 아일랜드어를 버리고 영어를 취할 수밖에 없었다. 남아있는 사람들 역시 아일랜드어보다는 영어를 택했다. 상황이 악화되면 언제든 영국이나 미국으로 떠나야 했으므로.

대기근뿐만 아니라 교육 또한 아일랜드어의 쇠퇴에 일조했다. 1830년대부터 아일랜드의 초등학교에서 아일랜드어를 가르치는 것이 금지되고 모든 교육은 영어로만 이루어졌던 것인데, 이런 식의 교육은 은연

중에, 아니 노골적으로 아일랜드어를 사용하는 것은 창피하고 수치스러운 일이라는 생각을 아일랜드인들에게 심어주었다. 이런 교육 탓에 아일랜드어는 가난하고, 교육을 제대로 받지 못한 사람들의 언어로, 영어는 부유하고, 교육을 많이 받은 사람들의 언어로 인식되어 갔다.

이러다간 19세기말쯤 되면 아일랜드어가 지구상에서 완전히 사멸하게 될지도 모른다는 위기감 내지 공포심이 다행히도 아일랜드 내에서, 비록 너무 늦은 감이 있었지만, 조성되었다. 이른바 '아일랜드 문예부흥운동'이 일어난 것이다. 시인, 극작가들이 아일랜드어로 시를 쓰고 극을 창작하기 시작했다. 이후 1922년 수립된 '아일랜드 자유국'은 아일랜드어 사용을 적극 장려했는데, 예컨대 공직을 얻기 위해서는 의무적으로 아일랜드어를 알아야 했다.

오늘의 아일랜드. 오늘의 더블린.
더블린의 심장부, 그라프튼 가, 오코넬 가, 파넬 가, 그리고 트리니티 칼리지 더블린.
사방에서 영어만 들린다.
내가 박사 논문 작업을 하느라 짧지 않은 시간 동안 더블린에 있으면서 아일랜드어를 육성으로 들어본 건 단 한 번 뿐이었다. 그것도 매우 기적적으로.
연구실에서 하루를 마치고 버스를 타고 귀가하고 있는데 바로 뒷좌석에 앉아 계신 어르신 두 분께서 아일랜드어로 대화를 하고 계셨다, 그것도 수도 더블린에서! 아마도 골웨이나 케리 혹은 도니골 등지의 서쪽 지방에서 오신 분들이 아니었나 싶다.

아일랜드어는 거의 잊힌 언어다. 하지만 완전히 잊힌 건 아니다. 2개 국어(아일랜드어와 영어)로 표기된 거리 표지판과 버스 안내 방송 덕에 나 같은 이방인조차도 street('거리'라는 뜻의 영어)이 아일랜드어로 sráid(얼추 '스라이드'로 발음. 궁여지책 식 표기) 임을, Séamus('쉐이머스'로 발음)는 James(제임스. 남자 이름)의 아일랜드어 식 표기임을, Baile Átha Cliath(대강 '블라클리아'로 발음. 역시 궁여지책 식 표기이며 실제로 들어보면 훨씬 아름답다)는 더블린을 뜻하는 아일랜드어임을 알게 됐다. 그리고 아일랜드어식 이름을 가진 박사 동기 친구들 덕에 Meadhbh는 '메이브'라 읽으며, 이는 아일랜드 신화에 등장하는 왕비의 이름이기도 하다는 것, Aoife는 '이퍼'라 읽고, 이 역시 아일랜드 신화 속에 등장하는 인물의 이름이기도 하다는 것을 알게 됐다.

아일랜드의 학교에서 아일랜드어 수업이 현재처럼 진행되는 한, 그래서 자라나는 세대들이 자신들의 모국어를 교실 내에서만이라도 읽고, 쓰고, 듣고, 말할 수 있는 한, 거리 표지판과 버스 안내 방송을 통해서나마 자신들의 모국어는 영어가 아니라 아일랜드어임을 시시때때로 상기하는 아일랜드인들이 존재하는 한, 그리고 태어나는 아기에게 아일랜드어식 이름을 붙여 줌으로써 아기가 평생 자신이 아일랜드인임을 잊지 않길 바라는 부모들이 존재하는 한, 아일랜드어는 완전히는 잊히지 않을 것이다. 아일랜드어가 '너무' 잊히지 않도록 노력하는 것, 그것이 현재의 아일랜드인들이 하고 있는 최선의 차선책이다.

Slán agat.

아이리쉬 헤리티지

지은이 임보라
펴낸이 양오봉
펴낸곳 전북대학교출판문화원

초판 1쇄 인쇄 2024. 11. 25.
초판 1쇄 발행 2024. 12. 1.

전북대학교출판문화원 전북특별자치도 전주시 완산구 어진길 32 (풍남동2가)
전화 (063) 219-5319~5322
FAX (063) 219-5323
출판등록 2012년 8월 20일 제465-2012-000021호

값 16,000원

ISBN 979-11-6372-243-4 03840